U0458269

LOVE
DIARY

辛渐 —— 著

爱情日记

上海三联书店

# 契　子

柳萌萌，基本资料：男，34 岁，恋爱中，178 cm，所在地上海，硕士，年收入 100 万以上，总经理。

未实名认证。

小禾，基本资料：女，24 岁，单身，172 cm，52 kg，所在地上海，本科，年收入 30—50 万，毕业于华东师范大学，家乡杭州，与父母同住，已购车。

已实名认证。

他们在国内一家知名婚恋网站上相识并相恋。在长达半年多的时间里，几乎每天柳萌萌都要给小禾写一段段情话，有时长有时短。他们时而热烈，时而淡然地交往着，从日常生活到读书学习，乃至精神追求，往往无话不谈；他们是真诚的，更是纯洁的。当然，随着时间的推移，他们之间的感情也出现了一定的温差。

截至本书结束，他们的相恋暂时告一段落，但他们的爱情故事可能才刚刚开始。

## 2024 年 6 月 8 日

**柳萌萌**：小妹好，大哥来了，大哥有诚意，有事业，有激情。

还是我校友。

# 2024 年 6 月 10 日

小禾：哈哈哈你哪个校区的？

柳萌萌：我毕业时在中北校区。

你是哪个系呀？

小禾：我也在普陀。

学教育的哈哈哈。

柳萌萌：嗯嗯，教育系在（普陀）中北。

现在是大几？

小禾：毕业了。

柳萌萌：是在学校教书吗？

小禾：嗯。

柳萌萌：介意我做你男朋友吗？

小禾：哈哈哈我们彼此都还不了解呢！

柳萌萌：嗯嗯，我打算先定关系，再慢慢了解，你觉得怎么样？

小禾：任何人正常都是互相了解了以后才看要不要确定关系。

您的想法我不敢苟同哈。

柳萌萌：好的，那依你吧，我们先做普通朋友，再做男女关系朋友。

不着急的。

小禾：嗯。

柳萌萌：你在哪个区教书呢？是教小学还是中学？

小禾：其实你可以去相亲，这样你想知道的一切基本信息都可以在和相亲对象见面前就掌握。

完全可以权衡利弊好再选择要不要进行下一步。

老实说我没有很想了解您。

不好意思哈哈哈。

柳萌萌：哈哈，你迟久不回，我就知道你的意思了。

我要告诉你的是，我正好处于上海教育，尤其是基础教育的中心地带。我在教育学会兼职，并主编一本杂志，而杂志大部分文章作者都是在评职称，中教高级呀，特级呀，不一而足。

这个平台上可以聊天的人不多，恰恰你是个中小学老师，所以就额外关注。没别的意思哈。

小禾：哈哈我志不在此，老师本就不是我喜欢的工作，你拥有的这些东西给我带来不了什么。

柳萌萌：嗯嗯，好的。

小禾：嗯嗯，早点休息吧。

柳萌萌：好呀，你也早点睡吧。

小禾：嗯。

柳萌萌：88。

小禾：我没有冒犯的意思哈，跟您交流挺有压力的，咱俩不是一个年代的哈哈哈。

柳萌萌：知道了，我本来也是打算收你做干妹妹的，只是想和你凑点近乎才说做你男朋友的。

小禾：哈哈哈。

柳萌萌：以后就当我是你大哥就行了，也不用见面的。

一切随意。

**小禾**：嗯嗯。

**柳萌萌**：（表情包）开心。

# 2024 年 8 月 9 日

**柳萌萌**：妹妹好，找到男朋友了吗?

**小禾**：哈哈没有。

# 2024 年 8 月 10 日

　　**柳萌萌**：不着急的，把我当备选好吗？说实话，网上平台这么多女孩，我只喜欢你一个人。

　　**小禾**：嗯嗯。

# 2024 年 8 月 11 日

**柳萌萌**：妹妹，在吗？我想你了。

我一般早上醒得早，以后方便，我们可以在早上 5 点半到 7 点半这个时间多聊聊，好吗？

其他的时间都比较忙。

**小禾**：这个时间点我在睡觉。

开学以后才会起得比较早。

**柳萌萌**：好的，妹妹，开学之后我们联系。我一般 5 点半起床，5 点半到 6 点半可以休闲，7 点左右开始写作，到 8 点半吃早饭。然后晚上 9 点到 10 点半写作。一天坚持写作三个小时。其他的时候或者读书，或者忙公司的业务或编刊。

希望我们一直在一起，好饭不怕晚呵。喜欢你！

**小禾**：嗯嗯。

柳萌萌：在吗？妹妹，想你了！

小禾：刚洗完澡。

柳萌萌：嗯嗯，暑假也快结束了吧？平时喜欢看书吗？

小禾：嗯，最近在看张爱玲的书。

柳萌萌：张爱玲的小说，在国内是顶级的。国外的作家，你可以留意一下伍尔芙，她是天才小说家，很值得一读的。

小禾：嗯。

买过《一间只属于自己的房间》。

我个人认为这样的作品表达出来的内容只对不清醒的年轻人有用哈哈，对我来说受益没有那么大。

柳萌萌：你买的是她的散文作品。她的小说才是精品。

要看从什么角度去看，如果是从写作的角度来讲，她的小说是很多女性作家创作的典范。

小禾：或许上学时看书的心境和现在不一样。

可能我 30 岁再拜读又是另一种感觉了吧。

柳萌萌：如果从普通读者角度看，她的意识流作品，不大耐读的。

小禾：确实，这本书我一开始也读不下去。

**柳萌萌**：是的，阅读有时和人生经历有关。

　　**小禾**：不过直到大学毕业也没读完，现在也不太愿意看这种女性意识觉醒什么的。

　　已经蒙尘了哈哈。

　　**柳萌萌**：如果你全读懂了，而且还是津津有味的，说明你和作者达到同样的文学水准。

　　**小禾**：那我应该五十岁都没这个水准哈哈。

　　**柳萌萌**：我近期在读托翁的《战争与和平》。

　　这部小说很好读，不枯燥。

　　**柳萌萌**：慢慢来吧，反正你也不以写作为职业。

　　**小禾**：上学的时候会比较常看书。

　　工作以后很难抽出时间也很难真正静下心来。

　　**柳萌萌**：是的呢。

　　**小禾**：可能过几年工作生活变枯燥了看书读文字的角度又不一样了。

　　也许那时候就能从书里找乐趣了。

　　**柳萌萌**：关键还是心静，加上阅历。

　　每一本书，尤其是优秀作家的小说，成为经典的，都值得一读。

你知道吗？一个作家，如果有一部长篇小说作品能成为经典，他一辈子就成功了，可以在文学史上留下印记。

**小禾**：所以在文学史上留下印记是您的追求嘛哈哈。

**柳萌萌**：我也在向这个方向突进，目前主要是攻长篇小说，诗和散文不写了。

**柳萌萌**：聪明。

**小禾**：听着很厉害呢哈哈哈。

**柳萌萌**：谁说不是呢？在文学的领地上，争取留一亩三分地吧。

**小禾**：人有目标是很好的事，很羡慕您哈哈。

您一定可以的！！

**柳萌萌**：一起共勉吧，我们也一定会成为知音的。

**小禾**：嗯嗯。

**柳萌萌**：今年人民文学出版社要推出我一部长篇小说了，上海书展期间他们过来和我讨论一下修改事宜。说实话，这部小说只花了45天写完，我也不是很满意。

只有在下一部小说上发力了。

**小禾**：哈哈可以透露书名嘛，开始好奇了。

不方便也没关系。

希望以后有机会能拜读您的作品。

**柳萌萌**：书名是：大学春秋

因为还没上市，所以你搜不到。

傻丫头，我以后的每一本书都会送一本给你的，还是签名本。

**小禾**：哈哈好。

**柳萌萌**：我什么都会和你交流的。

**小禾**：但是自己记得书名，在逛书店的时候自己买下来的感受更好。

**柳萌萌**：你平时课多吗？累不累？

**小禾**：还好。

但我其实不喜欢做老师。

太一板一眼，有种能一辈子望到头的感觉。

**柳萌萌**：哈哈也是。不过，我写的书你买也行，不买我也会送你的。

以后我们成为知己了，我还会题个词：本书献给你云云。

**小禾**：而且毕业后就工作了，这一年下来身体都不好了。

暑假基本都在调理身体了哈哈。

总之先谢谢您了哈哈。

**柳萌萌**：所以，你和一般的女孩子不同，不想从一而终。这就对了，说明你比很多人优秀，我指的是品质上。

**小禾**：哈哈比较叛逆吧。

但再叛逆还是循规蹈矩的。

**柳萌萌**：有叛逆才有进步，你看很多天才，都是叛逆的。

**小禾**：很有道理哈哈。

**柳萌萌**：以后和我在一起生活就不用循规蹈矩了。

**小禾**：这个就扯远了哈哈。

**柳萌萌**：是呀，但我也有一丢丢期待呀。毕竟我非常喜欢你。

**小禾**：您还不够了解我呢！

太片面了哈哈。

一直在跟您聊天，我头发都还没吹呢。

一眨眼十一点了（晚上）。

**柳萌萌**：我们慢慢来吧，相处久了就熟悉了。

对了，你赶紧去吹头发吧，罪过罪过。

**小禾**：嗯嗯。

您也早点休息哦。

**柳萌萌**：好的好的。

晚安啦。

**小禾**：提前说声晚安。

**柳萌萌**：嗯嗯。

# 2024 年 8 月 12 日

柳萌萌：在吗？妹妹。

小禾：怎么了？

柳萌萌：想你了，问候一下。

小禾：哈哈好。

柳萌萌：对了，我还不知道你的名字，可以透露一下吗？或者给个昵称也行。

我姓陈，你叫我陈哥就可以了。

小禾：嗯嗯好。

柳萌萌：给个昵称呗，叫起来亲切点。

小禾：我名字里有个禾，要么您叫我小禾好了。

不好意思刚刚没有自己看您的话哈哈。

准备今晚找部老电影看，刚找到哈哈。

**柳萌萌**：嗯嗯，好呀，小禾。

电影叫什么名字呀？

不要看得太晚就可以了，（晚上）三点之前要睡的呢。

**小禾**：英雄。

张艺谋的。

好呢。

您也是哦，早点休息。

**柳萌萌**：好的好的，小禾，你好好看，看完了有什么感想，可以跟我说说。

**小禾**：好哦。

我平常比较喜欢看纪录片。

都是关于文物历史什么的。

今天突然想找部画面好的老电影看看。

**柳萌萌**：我也很喜欢这一类。

以前有个探索频道，我很入迷的。

**小禾**：电视上的吗？

**柳萌萌**：是的。

纪录片拍得好的，也会成为经典。

小禾：非常赞同。

柳萌萌：嗯嗯。

小禾：我是个比较浮躁的人，只有看书看纪录片或者电影的时候才可以真正静下来哈哈。

柳萌萌：现在还能看得进纸质书或者经典影片的人，都是内心很优秀的人。

小禾：这算是对我的夸奖嘛哈哈。

柳萌萌：知道我为什么喜欢你吗？你是真正的秀外慧中，我一眼就看到了呵。

你比我夸奖的还要优秀。日后我会慢慢知道的。

小禾：我还是比较少看，不过如果晚上没事，还是喜欢听听歌看看书，更多时候是强迫自己看哈哈。

您定然也是如此（优秀）哈哈。

柳萌萌：多看一点比较好。你在学校是教语文吧？

小禾：不。

我是学画画的。

美术老师。

柳萌萌：我们都是属于同一类人，在茫茫人海中相遇，是一种幸运。

**小禾**：嗯嗯缘分。

**柳萌萌**：那更厉害了。一个美术老师，买过伍尔芙《一间自己的房子》，难得的呀。很多中文系的研究生，也未必读过伍尔芙的作品呢。

我们交流没有任何阻碍的。我们一定会成为真正的知己。

**小禾**：哈哈，我平常买书都是在网上看到博主解析讲解，觉得被内容吸引到了才会去买。

**柳萌萌**：嗯嗯，艺术都是相通的，以后我可要多听你教我一些绘画的知识。我呢，会把一些好书带给你读。

**小禾**：嗯嗯好哦。

**柳萌萌**：真的是相见恨晚呐。

**小禾**：恰逢其时哈哈哈。

**小禾**：终于吹完头发了，磨磨蹭蹭好半天，准备等下到阳台上去看电影。

**柳萌萌**：如果你留个心，可以把画过的作品整理一下，我给你出一本画集，也很好的。

以后我写一本书，你画一本画集。怎么样啊？小禾。

嗯嗯，再过几分钟我放你去阳台看电影的。

**小禾**：哈哈哈不知道我有没有跟您说过，我不喜欢做老师。本质上也不喜欢画画。

从小学跳舞钢琴画画都是家人要求的。

我算是被从小约束到大的乖乖女。

不过对艺术还是喜欢的。

**柳萌萌**：你昨天说过了，我也记下了。我一直觉得朝九晚五式的坐班制，违背人性的。

所以呀，你找个时机，辞职算了。就看你决心大不大了。

**小禾**：决心不大哈哈。

家里有点生意，也有个哥哥，家人和亲戚朋友也都是教育工作者、医生或生意人。

从小到大的生长环境如此，我自我感觉还是比较叛逆的，但大事基本都是听家里的，虽然不喜欢但是偶尔也会觉得有乐趣。

**柳萌萌**：我现在的公司业务，就是面向上海市的中小学生发行报刊，一年就是两个月的事，二月份开学和九月份开学，开学之际把报刊征订布置下去了，一年的时间就空闲下来了（后面就只要让业务员配送一下）。

所以，我有大量的时间读书写作和旅游。

伍尔芙说过，一个女性，必须要有钱，有时间，还要一间自己的屋子，才可以从事写作呢。

所以，我昨天说，你要是和我在一起，就不用循规蹈矩的。你以为我是开玩笑的呢，我其实倒是真的希望把你解放出来，哈哈。谁叫我这么喜欢你呢！

**小禾**：哈哈我能够理解您的意思。

但我自己也有计划。

**柳萌萌**：是的呢，我知道的。

**小禾**：无论是恋爱还是婚姻，这点家里倒是不会逼迫催促。

我也希望自己 25 岁的时候能明白自己到底想要什么。

**柳萌萌**：嗯，你家里还是很开明的。

**小禾**：其实对我来说和人交往不难，但需要天时地利。

**柳萌萌**：严重同意。

**小禾**：因为基本都是晚婚晚育哈哈，毕竟如果大学里不谈恋爱的话，等到工作稳定和有人生目标后也不年轻了哈哈哈。

**柳萌萌**：迟一点结婚好，对人对社会都有深入的了解。

**小禾**：赞同哈哈。

**柳萌萌**：嗯嗯，你的艺术天赋也可以多方面挖掘的。

你气质很好，是那种艺术家的气质呵。

**小禾**：嗯嗯。

哈哈谢谢夸奖。

**柳萌萌**：是真的呢，我很欣赏你的。

**小禾**：嗯嗯。

刚洗了碗草莓。

我要专心看电影去啦。

您也早点休息哦。

**柳萌萌**：去吧去吧，再不放手，你要熬夜了。

**小禾**：嗯嗯。

提前跟您说声晚安哈哈。

**柳萌萌**：也先说声晚安呐，小禾。

# 2024 年 8 月 13 日

**柳萌萌**：早上好小禾，想你了，你还在睡吧？多睡会啊，我爱你宝贝。

（心的位置已留给你了，我对你行使了爆灯特权）。

**小禾**：早。

**柳萌萌**：小禾你起来了啊，想你一个晚上呢，什么时候睡的呀？

我要跟你正式地说出来，我爱你小禾。

希望每一天都能有你的消息。

我太喜欢你了，小禾。

**小禾**：昨天（晚上）十二点多就睡了。

今天答应陪朋友去迪士尼玩。

刚刚在开车所以没及时回复。

大热天来迪士尼好像军训一样。

哈哈哈。

**柳萌萌**：好的，小禾。迪士尼是有点热了，好好玩，我会时时想你的，爱你。

**小禾**：好哦。

**柳萌萌**：好好玩，小禾宝贝，爱你哟。

**小禾**：（表情包）可爱。

**柳萌萌**：宝贝，天很热吧？要注意避暑，里面人多吗？记得及时吃中饭，应该有地方吃饭的。

**小禾**：平常人就很多，暑假就更多了，我和朋友都买了优速通，所以都快一点，这大热天排队感觉要中暑。

现在准备去吃午饭啦。

（表情包）乖。

**柳萌萌**：好的好的，宝贝，终于等到你的消息了。我一直在等你的消息。

赶紧去吃点东西吧，快两点了。

爱你，宝贝。

**小禾**：嗯嗯。

你专心忙你的吧，不用太惦记我。

（表情包）难为情。

**柳萌萌**：好的，宝贝。


**柳萌萌**：宝贝，今天累吗？

今天开车肯定很累，多多休息吧。

**小禾**：还好啦，就是走路走的腿酸。

晚点再陪她们看个烟花。

看来明天要去做个按摩了哈哈，平常运动量太少，走一天受不了了。

**柳萌萌**：哦哦，看烟花人也很多的。

是的呢，明天要放松放松。

晚上住迪士尼酒店吗？那个酒店也比较有特色。

真是辛苦你了，宝贝。

**小禾**：不住，等下看完烟花就回家了。

我上学的时候每年都办年卡经常来，工作以后就很少来了。

暑假人实在是太多了哈哈。

**柳萌萌**：那就好呵，回家可能就是十点多了。

是的呢，暑假不少都是外地客。

**小禾**：小朋友比较多。

**柳萌萌**：是的，感觉上海这家迪士尼是很赚钱的，香港可能不怎么赚。

**小禾**：晚点再看情况，我们准备去 linlinyu 泡个澡按个摩什么的，可能今晚就准备去霖林雨泡个澡按个摩，但是太远了哈哈，可能把两个朋友送到酒店我就回家了。

**柳萌萌**：好呀，这样最好了，先恢复一下吧!

走路久了就累，除非是天天练的人。

**小禾**：确实，我是非常缺乏锻炼的人哈哈。

**柳萌萌**：对了，你暑假也是要多多休息，9月份开学了又是没完没了的上班下班的。

**小禾**：嗯嗯，你也一样。

**柳萌萌**：哈哈，你适合练瑜伽。

**小禾**：基本下周就要开始准备起来了。

**柳萌萌**：是的呢。

**小禾**：跟我闺蜜去上过几节普拉提课。

核心力量不行，有点弱不禁风，年纪轻轻一身老骨头哈哈。

**柳萌萌**：方便的话发几张照片过来给我看看吧，宝贝，你身材很好的，人又这么漂亮秀气的，我太爱你了，真的。

**小禾**：明天发给您吧，我昨晚常用的手机忘记充电了，今天拿了个备用手机。

**柳萌萌**：好的好的，宝贝，爱你！！！

我这两天在读《战争与和平》，已经读完一半了。他的小说大气磅礴，很符合我口味。

**小禾**：嗯嗯，有时间去书店待一下午的话我也看看这本作品。

**柳萌萌**：寒雨连江夜入吴，平明送客楚山孤。洛阳亲友如相问，一片冰心在玉壶。

这首诗诞生了一位著名的作家：冰心。

你知道这首诗歌的标题吗？宝贝。

**柳萌萌**：芙蓉楼送辛渐。

我从下一部小说起，就用笔名：辛渐。

这首诗以后又要诞生另一位有名的作家了：辛渐。

哈哈，但你要替我保密一下，因为作品问世之前，被他人抢用笔名就不好了，呵呵。

**小禾**：王昌龄的吧，不记得了，有点不敢确定哈哈。

嗯嗯一定保密。

**柳萌萌**：宝贝，虽然你今天也劝我少惦记着你，多做点自己的事情，但我就是忍不住想你，时时刻刻都想你的。

但我该做的事也大都做了。

我太爱你了，宝贝。

你晚上如果太晚，就先回家吧，洗个澡先睡，明天再去按摩，安全一点，好吗?

**小禾**：好呢。

**小禾**：我翻了下这个备用手机的相册，只有一些老照片，而且不多。

明天回去再翻翻。

**柳萌萌**：好的，宝贝。

**柳萌萌**：

（刚才讲的）是王昌龄的诗。

**小禾**：看来我记忆力还行哈哈。

柳萌萌：取一个古意，让千年之前的人重出江湖，哈哈。

小禾：非常好呢哈哈。

柳萌萌：嗯嗯，以后你多支持督促我呵，宝贝，我们以后命运与共，一起奋斗，我所有的作品都可以献给你的，太爱你了。

# 2024 年 8 月 14 日

**柳萌萌**：宝贝早上好，昨天晚上后来是什么时候到家的？

爱你，宝贝，我的小心肝。

**小禾**：没回家，去了 24 小时的温泉店。

过会吃完早饭应该就回家了。

**柳萌萌**：好呀，宝贝，你早饭吃了吗？今天应该是一天的休息，不出门吧？我很想你的，小心肝。

**小禾**：过会吃，我两个朋友都还没醒呢哈哈。

**柳萌萌**：哈哈，可见她们也累坏了，宝贝，现在感觉怎么样？累不？

**小禾**：还好，昨天捏了一下腿。

**柳萌萌**：那就好，腿可能还有点酸，不过，慢慢走一走，应该没事的。

**小禾**：嗯嗯，没什么问题。

**柳萌萌**：嗯嗯，那就好。爱你，宝贝。从那边开车回家，要一小时吗？

**小禾**：要的，走高架不堵车的话也得一个多小时。

**柳萌萌**：嗯嗯，早上吃了饭要么干脆多休息一下。

避开早高峰。

**小禾**：嗯嗯好哦。

**柳萌萌**：宝贝，记得今天发一些照片给我呵，我现在一有空，就想你呐。太爱你了，我的小心肝。

你饿了吗？

**小禾**：吃完午饭在商场里逛一会儿就回家了。

不用担心我哦。

（表情包）可爱。

**柳萌萌**：吃晚饭了吗？宝贝。

你今天忙了一天啰。

我也想了你一天呢。

**小禾**：（发过来两张照片，并附言）前段时间和朋友在台州玩（拍的）。

柳萌萌：漂亮呵。

小禾：刚要准备去吃晚饭哈哈。

柳萌萌：宝贝，你知道吗？我一想起你，心中就充满了幸福。

太爱你了，宝贝。（表情包）玫瑰。

哈哈哈这么夸张。

柳萌萌：是哦。宝贝，照片再发两张给我呵，这两张比较飘逸，又只有侧面，有点意犹未尽呢。

爱你，我的宝贝，我的心肝。

小禾：哈哈不用了吧，我对您的长相身材气质说实话并不在意，也并没有很想了解，所以我的您也不用太过于在意哈哈。

柳萌萌：好吧好吧，遵命。

# 2024 年 8 月 15 日

柳萌萌：宝贝，昨晚写到 11 点多，就睡了，刚刚醒来，等会儿再睡。

我的心是你的，不管什么时候，我都在想你，爱你。

你好好睡吧，做一个好梦呵。我休息一会，等会儿再睡呢。

我爱你，宝贝，爱你到天老地荒，永不变心。

（表情包）爱心爱心。

柳萌萌：宝贝，我起来了，虽然有一点困，中午补个觉就可以了。

爱你，疼你，我的小心肝。

（表情包）早安。

小禾：怎么三点不到就醒了呀？

（表情包）早。

**柳萌萌**：宝贝好，中间醒来一下，可能是写得比较兴奋的原因，有时一觉到天亮，有时就偶尔醒一下，没事的啦。

你今天在家吧？不出门吧？

爱你，时时刻刻想你呢！

**柳萌萌**：宝贝，你还好吗？没你的消息，我睡不着了。

**小禾**：今天去亲戚家了，没什么事。

（您）午睡睡不着嘛哈哈。

**柳萌萌**：嗯，刚睡了一会儿呵，现在好多了。

宝贝，我爱你，宝贝，你就是我的小心肝呵。

要是一整天没你的消息，我可能很难过的呀，宝贝。

太爱你了。

**小禾**：哈哈哈今天一会儿辅导一下暑假作业，一会儿忙这忙那的。

都没想到看手机。

**柳萌萌**：是的呢，我知道你在忙。

我的心属于你了，宝贝。

永远爱你！

小禾：（表情包）嗯嗯。

柳萌萌：宝贝，我会爱你一辈子，疼你一辈子。

（表情包）爱心。

小禾：您每天都要表达好多爱意啊哈哈。

我先开车了哈，准备出去吃晚饭。

柳萌萌：（表情包）爱心 + 玫瑰。

柳萌萌：是呀，宝贝，我太爱你了。

你去吃饭吧，开车慢一点呵，这个时间车比较多吧？

小禾：嗯，六点多确实比较堵。

柳萌萌：吃好了吗？宝贝。

小禾：准备回家啦。

柳萌萌：好的，开车回家半小时够吗？

小禾：差不多吧，不过现在也会有点堵车的。

柳萌萌：宝贝，到家了吗？到家了给我报个平安好吗？

我现在调整了一下作息，晚上 10 点半至 11 点半写一个小时，然后好好睡觉，睡到早上 6 点半起来。

因为爱你，非常的爱你，所以一天总免不了有很多的时候思念你，一想起你，我就有激情了，对我的创作为一大动力呢。你就是上天派下凡，给我的小精灵，我的心肝宝贝了。

很多的时候，我都是在默默的想你，宝贝。

《战争与和平》快看完了，接下来就看《静静的顿河》，这近期特别喜欢看这种上千页的大部头，也是在积蓄力量吧。

因为下一个长篇，要题"此书献给我心爱的小禾"，我可要出手不凡呢，至少要一炮打响吧。宝贝，爱你。

**小禾**：好呢。

加油哦。

洗完澡吹头发护肤又折腾好久。

有点困了准备过会直接睡觉了。

你也早点休息哦。

（表情包）晚安。

# 2024 年 8 月 16 日

柳萌萌：宝贝，昨晚我写完就睡了，手机在充电就没去看了。

我现在整个身心都属于你了，无时无刻不在想你，思念你。

我爱你宝贝，一想起你，我的心就融化了，甜甜蜜蜜的。

我们要永远在一起呵，今生今世永不分离。

（表情包）早。

小禾：刚醒。

今天应该就做些自己的事情吧。

柳萌萌：你这个暑假，还要再休整几天才好呢。疼你，宝贝。

小禾：嗯嗯。

柳萌萌：你吃完中饭，要午休一会儿吗？宝贝。

小禾：不午休了，等会准备跟我妈妈去 costco 和山姆买点东西。

柳萌萌：好的好的，平时有妈妈在身边照顾，也可以在生活上省事多了。

小禾：确实，我不太独立的哈哈。

柳萌萌：这样好呀，只要一心做自己的事，生活方面有个照应，做父母的，又何尝不希望孩子过得开心？

宝贝，上次听你说，你还有一个哥哥，好像独当一面的，他生意做得不错吧？

小禾：他（哥哥）不管家里老一辈的生意哈哈。

不是什么需要继承的东西。

柳萌萌：呵呵，不错的。

医药行业，很多都有传承。

有祖传的秘方。

其他行业就少了。

小禾：嗯，我爷爷奶奶外公外婆都是做酒生意的。

爸妈也不会继承。

也不是什么需要继承的生意，更不至于是什么家族企业类型的。

总之用不上继承这个词哈哈。

**柳萌萌**：我的公司不算大，正常毛利率也有 30%，也把亲友拉过来帮忙了，民企都是这样的。

**小禾**：可以理解。

感觉您比较适合养一只金丝雀（做妻子）。

我想想怎么表达比较好。

简单来说就是需要一个可以被困住，好好摆放在家里的物件。

**柳萌萌**：不过，因为公司经营轻松，我的最主要的方向现在是文学创作。

我个人给自己的目标定位为，能像沈从文一样的位置就好啦。

**小禾**：当然她需要懂得给予你情绪价值，也不能对你从事的工作一知半解。

但又觉得您其实好像不需要人照顾的感觉。

**柳萌萌**：哈哈不是的，宝贝，我真的不在乎另一半什么性格，独立也好，要照顾也好，都可以，只要爱她就可以的。

**小禾**：哈哈如果真的是这样的话很好。

不管做不做得到，有这个思想已经超越很多人啦。

**柳萌萌**：男人呢，顶天立地一点好呵。

生当作人杰，死亦为鬼雄。

还是要敢作敢为比较好呀，宝贝。

**小禾**：嗯嗯可以理解。

**柳萌萌**：你知道吗？

我们每一个人，活着的时间很短，死去的时间很长很长的。

李白杜甫都走了近 2000 年了，像他们这样被人记住的，只是沧海一粟呵。

绝大多数人，99% 以上的，死去一万年都没人知道，而我们活着，正常不到 100 年呐。

**小禾**：就像《寻梦环游记》表达的那样。

**柳萌萌**：对于我们来说，宝贝，我觉得你性格很好的，家教也好，聪明漂亮，秀外慧中，我真的是太爱你了，不是一般的爱，是可以把感情托付一生的人。

柳萌萌：人活着，一定要干点有意义的事，为自己，也为人类，文学就是人类生活的记录或总结吧。

小禾：哈哈，我觉得人和人之间无论是什么关系或者想成为什么关系，合适很重要，但还是得相处才知道合不合适。

柳萌萌：非常认同。

有时，彼此一个眼神，就可以引起对方的共鸣。

小禾：很赞同。

柳萌萌：真正心心相印的人，不走在一起，都是不可能的。

小禾：我除了生活上的一些事情，其他任何情况下都比较独立，当然主要也是心里知道有家人做后盾。

不过我的计划是今年还不想恋爱哈哈。

今年需要做的一件大事就是希望可以逃出学校，希望家人能真正地理解我。

我不太清楚自己到底想要什么，目标很不明确。

但我知道自己讨厌什么，有什么事没法做一辈子。

柳萌萌：我等你，宝贝，等多久都可以的，决不是套话。

我们正常交往就可以了，宝贝。

你要逃出学校，我完全支持。

**小禾**：学校的工作其实没什么。

讨厌是因为我自己消化不了。

我可以永远做下去，但是一辈子不会真正地开心。

不过跨出这一步需要勇气哈哈，我努力。

**柳萌萌**：不开心的事，最好是一开始就不去做，免得转身麻烦。

**小禾**：跟家人抗衡比较麻烦。

我爷爷奶奶的观点比较传统。

其他都完全可以理解，其实说白了我天天在家混吃等死都没事。

但我一直都是乖乖女的人设哈哈。

不过现在长大了也好很多了，希望下个学期结束可以顺利逃脱吧。

**柳萌萌**：你家里人比如上一辈，要求你承接祖传的东西，是吗?

**小禾**：我奶奶是教授。

比较传统。

后来跟我爷爷做生意后就不在学校了。

一种执念吧，是我不能够理解的，无法理解有过高等教育的老人仍然觉得女孩应该做什么不应该做什么。

小时候总会想要局限住我，所以我会很多我不喜欢的东西。

**柳萌萌**：现在重新做自己喜欢的事，还完全来得及。

朝闻道，夕死可矣。

**小禾**：哈哈我看得比较开。

其实我知道最后奶奶也一定会以我自身的想法为重。

**柳萌萌**：是的呢，反正我是百分之百支持你，宝贝。

**小禾**：嗯嗯。

# 2024 年 8 月 17 日

柳萌萌：宝贝，新的一天开始了，又是我爱你的一天，祝你开心愉快！

（表情包）早。

小禾：早哦。

柳萌萌：宝贝，你今天忙什么呀？我亲爱的宝贝，我的小心肝。

小禾：写点资料，然后晚上约了一个朋友吃饭。

柳萌萌：我晚上去陕西南路城市酒店，人民文学出版社几位编辑包括主任，约我和他们会晤，我不大喜欢和众多不熟悉的一在吃饭，就约在晚上 8 点见。临走时给他们一个红包，让他们明天自己吃吧。

小禾：嗯好。

**柳萌萌**：他们这次来参加一年一度的上海书展了。他们的规模很大，毕竟是中国文学出版第一把交椅。

还有就是时不时的想你，我爱你，宝贝。

**柳萌萌**：宝贝，一天都没有你的消息了，想你了。

我现在给你写的，都是记录我们的感情和事业的部分，我以后成名了，你整理一下，可以发表的，宝贝。

我就是有一丢丢担心你不理我，其他的不担心，因为你能力不错，又有父母照顾你，生活上可以轻松点了。但诚如你所言，你要找到自己的目标，追寻生活的意义。

我永远爱你，支持你的，宝贝。

每次你不在，我就静静的看着你，你清澈的眼神，秀气的脸庞，让我的心都醉了。

爱你宝贝！

**小禾**：在和朋友吃饭，顺便今天认识了几个新朋友。

现在要准备回家了。

您忙您的吧，不用惦记我。

（表情包）晚安。

# 2024 年 8 月 18 日

柳萌萌：宝贝早上好，又是想你思念你的一天了。昨晚写到快 12 点时就睡了。

我会用一生的时间爱你，守护你。宝贝，我永远是你的。

你今天好好忙吧，别忘了时时告诉我你的消息，我太爱你了，我的小心肝。

（表情包）早安。

小禾：（表情包）早上好。

柳萌萌：宝贝，今天在家好好休息是吗？

我先忙去了，爱你。

小禾：嗯嗯忙吧，每天有专注自己喜欢的事情的时间很好哈哈。

加油加油。

柳萌萌：好的宝贝，你是我的动力源头哦，每次有点累时，我就过来看看你，我看你的照片呢，我的心就融化了。

我爱你，每时每刻心里都想你。

一起努力呵，宝贝。

小禾：（表情包）嗯嗯。

柳萌萌：你是我永远的爱人，宝贝。

小禾：哈哈忙吧忙吧。

柳萌萌：宝贝，一起加油呵，如果有下一辈子，我还要和你在一起。

一起努力哦，我的小心肝。

小禾：嗯，我准备洗澡去啦。

你专心创作吧。

柳萌萌：好的好的，去吧宝贝。我爱你。

先祝你晚安哦。

小禾：（表情包）嗯嗯。

（表情包）晚安快乐。

# 2024 年 8 月 19 日

柳萌萌：宝贝早上好。新的一天又开始了。

我对你的爱又充满了新的一天。

你今天要忙些什么呢？快开学了哦，你的身体还要调整一下吧？

爱你，我的宝贝，我的心肝。

（表情包）早。

柳萌萌：你是我唯一的宝贝，唯一的爱人。

我永远爱你，永远伴随着你。

小禾：（您的）作息也需要调整一下哈哈。

早哦。

柳萌萌：好的宝贝，我听你的，中午补一会儿觉。

今天来杨浦区学校调研了，帮校长发表了文章，他们非常高兴，就可以合作买我们的产品了。

今天走访的学校不多，上下午各一所学校，我不开车，司机开，就可以在车里打个盹了。

**小禾**：嗯嗯，正好车上可以休整下。

**柳萌萌**：我不累呢，有你在，我一直都很幸福，很有激情，无论是写作还是工作，状态都非常好。

**小禾**：我在开车。

太堵了。

(图示) 车载导航。

三十多公里开了一个多小时。

去虹桥机场接一个朋友，早高峰太堵了哈哈。

**柳萌萌**：嗯嗯，我走中山北路，虽然说是堵，车还可以动。

虹桥那边太堵了，宝贝，辛苦你了。爱你哟。

**柳萌萌**：哈哈，这个节点，她要是坐地铁还要快点。

**小禾**：哈哈确实。

**柳萌萌**：是呢，宝贝，慢一点开呵，不着急的。

爱你宝贝！

小禾：好呢。

柳萌萌：（表情包）爱心＋玫瑰。

柳萌萌：宝贝，你现在到哪了？这个机场停车场还很复杂，出来还要走不少路，还要记好位置，哈哈真是辛苦你了，宝贝。

柳萌萌：宝贝，中饭吃好了吧？想你了。

爱你，宝贝。

小禾：和朋友在曲水兰亭。

准备按摩完去吃饭。

今晚可能在这里过夜了。

她好久没回国了，开学前正好抽空陪她玩玩哈哈。

柳萌萌：好的呀，宝贝，你好好陪她玩玩，人生难得有知己相聚呢。

我非常非常爱你，但我知道你肯定是分不开身的，就静静的想你了。

想你，是一种诗意的等待。

我们在一起，或者不在一起，都是幸福美好的。

爱你宝贝，我的心是你的。

**柳萌萌**：宝贝，晚上就住曲水兰亭吗？好好休息哦。

爱你宝贝。

**小禾**：嗯，今晚就住在这里，明天中午再走。

你忙创作吧，希望你今晚灵感迸发哈哈。

**柳萌萌**：好呀，宝贝，有你的消息我就有灵感啦。

爱你宝贝，非常爱！

好好休息吧。

先给你道个晚安哦，我的小精灵，我的小心肝。

（表情包）晚安。

**小禾**：（表情包）晚安。

# 2024 年 8 月 20 日

**柳萌萌**：宝贝早上好，又是爱你想你的一天了。我调整了一下作息，争取睡到 6 点左右，精神果然好一大截。

爱你我的小宝贝，我的小精灵！

（表情包）早安快乐。

**柳萌萌**：宝贝爱你哟，你好好睡吧。我早上还可以看看书，写点东西，今天上午 10 点左右出门，去闵行区的一个学校。这周不少校长还在度假中，下周就忙开了。

爱你宝贝，我的永远的小心肝。

**小禾**：早呀。

准备晚点去看电影。

**柳萌萌**：好呀，宝贝，爱你，我的心肝。

**小禾**：（表情包）可爱。

柳萌萌：宝贝，你好好看（电影）哦，看完后有什么感想随便说两句。

我爱你，我无时无刻不在想你呢，你是我永远的爱人。

小禾：嗯呢。

柳萌萌：宝贝你好好放松放松呵，我先忙去了。

爱你宝贝，我的小心肝。

小禾：好哦，您忙吧。

柳萌萌：宝贝，我想你了，吃得及时吃中饭哈。

爱你，我的宝贝。

小禾：你也是哦，尽量按时吃饭。

柳萌萌：宝贝你回家了吗？我想你了，爱你宝贝。

柳萌萌：宝贝，我先祝你晚安了，我去码字了。

永远爱你宝贝。

（表情包）晚安。

小禾：不好意思才有空看消息。

今天各种买买买哈哈哈。

陪我朋友看了《异形》，对我来说太吓人了，甚至有点恶心，所以急需买买买消化下哈哈哈。

感觉最近我们都各自忙呢哈哈。

希望你今天晚上依然灵感迸发，码字超顺畅哈哈。

（表情包）晚安啦。

# 2024 年 8 月 21 日

**柳萌萌**：又是爱我的小禾的一天啦，早安宝贝。

**小禾**：早呀。

今天还是跟朋友一起，陪她到处玩哈哈。

暑假虽然两个月但也转瞬即逝的。

马上就要正式投入工作啦。

**柳萌萌**：好呀宝贝，爱你宝贝，好好玩吧，下周就要工作了吧。

我的心是你的，永远和你在一起。

爱你，我的心肝。

**柳萌萌**：宝贝，今天玩了些什么地方呵？

晚饭如何吃呀？宝贝爱你！

**小禾**：晚饭没吃哈哈。

今天有点不舒服，晚饭和我朋友吃了大食代（日本餐厅）。

我就没吃什么。

**柳萌萌**：宝贝，你哪里不舒服了？不过，连续两天开车，实在累。

我以后要好好照顾你，宝贝，我太爱你了。

**小禾**：应该是蒸桑拿泡温泉太久了。

有点晕晕的，没什么大事。

**柳萌萌**：那就好宝贝，干脆明天什么地方也不去，在家好好休息。本来也快开学了，你也要调理一下。

爱你宝贝。

**小禾**：嗯嗯，明天应该不出门了。

**柳萌萌**：好的宝贝，多给我消息哈，愿你明天好起来。

爱你，我的宝贝。

**柳萌萌**：宝贝，你今天早点休息吧，我再写一会儿也睡了，你身体不舒服我也不时走神，太爱你了，我的宝贝。

晚安，我的心肝。

**小禾**：感谢关心哈哈。

安心创作吧。

（表情包）晚安。

# 2024 年 8 月 22 日

**柳萌萌**：早上好宝贝，又是爱你的一天啦，希望你尽快康复。

我爱你，宝贝。

宝贝，我今天去跑学校了，8 点之前出发。现在的作息，基本上是晚上写到 11 点半，早上 6 点醒来，然后在车上可以调休，一天争取有七八个小时的睡眠。

你这边，如果仅仅是头晕，问题不大，如果有发热和咳嗽的迹象，就要及时去医院或者在网上买药了，这段时间中招的人也不少，但好在病毒已经变得很弱了，吃药加休息，一周左右可以痊愈的。

有什么不舒服多和我说一声呵，我非常爱你的，宝贝，我的小心肝。

柳萌萌：宝贝，你现在好一点了吗? 我爱你，疼你。

小禾：本就有点不舒服，然后今天又感冒了。

嗓子也很不舒服。

折腾了几天这两天终于病了。

（表情包）哭泣。

柳萌萌：宝贝，多保重，吃点药，多喝点热水。

爱你宝贝，心疼你了，我的小心肝。

知道你可能生病了，我一天都很难受的。宝贝，不急呵，慢慢就会好起来的。

我的小精灵，我的宝贝，爱你!

柳萌萌：宝贝，我会用一生的时光守护你，用自己的所有包括生命爱护你，你是永远的爱人，我会时时刻刻想着你，爱着你的。

晚安啦。

# 2024 年 8 月 23 日

柳萌萌：宝贝，新的一天又来了，我爱你的一天也开始了。

你昨夜睡得好吗？还发烧和咳嗽吗？如果还有发烧和咳嗽，可以在网上买上海凯宝出的痰日清胶囊，这是中成药，得过非物质文化遗产奖，对于治咳嗽（加轻症发烧）有奇效。

我因为心里惦记着你，半夜醒来了一次，后又睡着了。

我爱你，我日后每一分钟都要好好照顾你。

加油宝贝，我爱你！

柳萌萌：宝贝，希望你早日痊愈哦，爱你宝贝，我的小精灵，我的小心肝。

小禾：发烧咳嗽目前都没有，嗓子有点不适，感觉应该很快就好了。

（表情包）自信。

柳萌萌：好的宝贝，我终于放心了，好好休息一天，应该没什么问题了。

爱你宝贝，我最好的小心肝。

多喝些温开水，加强一下热量循环。

柳萌萌：我今天在家一一联系各区的校长了，咱们报刊一周发行颇大，我一个人占到了五分之一呢。忙到 9 月 10 日左右就结束了。一年就是开学前后这一个月时间忙。

你多多休息吧宝贝，下周要到学校报到吗？

爱你宝贝，我亲爱的小心肝。

有好转及时告诉我哦，我在想你呢。

爱你宝贝！

小禾：嗯嗯。

这两天都昏昏沉沉的。

马上要开始忙了，所以这两天调整下状态。

柳萌萌：好的宝贝，爱你哟，加油！

柳萌萌：宝贝，今晚 9 点我就开始写东西了啦，今天多写点。希望你早点完全好起来哦。我爱你宝贝！

提前祝你晚安啦，我的小心肝。

（表情包）晚安喜乐。

**小禾：**（表情包）好的。

# 2024 年 8 月 24 日

**柳萌萌**：宝贝，爱你的一天又开始了。你现在怎么样？身体恢复到几成了？下周要到学校报到吧？

接下来的一周白天我比较忙，所以晚上早点写，早点休息。

开学后，你每天也在这里记录一下日常的心得吧，四五句话也可以，一两百字也可以，咱们心连心，永远相爱，这里就记下我们相爱的点滴吧。我爱你，我的心是你的，我的世界围绕着你而展开。宝贝，无论是精神还是肉体，我都是你的。

我对你的爱永不褪色，历久弥新。

希望你完全好起来哦，宝贝。

（表情包）早。

小禾：嗯嗯，其实没什么事，已经开始投入工作啦。

（表情包）早安喜乐。

柳萌萌：好的宝贝，爱你，时时刻刻和你在一起。

小禾：（表情包）含笑。

柳萌萌：宝贝，记得按时吃中饭哦。我爱你，我一有空就想你呢。你是我一生的爱人，我任何时候都要好好地爱你。

宝贝，我的心里只有你，我经常在忙完之后不断地想你。

小禾：哈哈。

我接下去也要忙了，今天已经开始忙碌起来了。

开学季就是有很多乱七八糟的事情。

# 2024 年 8 月 25 日

**柳萌萌**：宝贝爱你。昨天晚上可能就是太累了，写到后来伏案睡了，一直到现在醒来，晚安都忘了，实属罪过！

现在又快到跟你说早安的时间了，爱你宝贝！

宝贝，爱你的一天又开始了。我真的太爱你了。

你好好忙吧，有什么感言可以写几句。

我今天要跑十多个学校呢！

宝贝，你刚刚痊愈，注意劳逸结合啊。爱你，我的心肝。

**小禾**：四点多就醒啦　在书桌上睡了一碗（晚）呀哈哈。

早哦。

**柳萌萌**：哈哈宝贝，迷迷糊糊边睡边写，一忽儿就快天亮了，今天出门在车上休息呢，一见校长朋友就来精神啦。

近来工作和写作都比较顺利呢，一想起你，一看到你明澈的眼神，我的心都醉了。

爱你宝贝！

宝贝，我永远是属于你的。爱你，我的小心肝。

**柳萌萌**：宝贝，你今天在忙什么呀，想你了。

爱你我的宝贝，我的小精灵。

**小禾**：在学校忙开学的事情和开会。

忙了一天，晚上才有空和家人出去吃了个晚饭。

**柳萌萌**：好呀宝贝，想你好久了哦。

今晚 10 点开始写东西，写一个小时就可以结束了，后面不是很忙时，我每天和你分享一些读书的心得。我看书比较快，有时两天可以看完一本。

爱你宝贝，我的心属于你。

先祝你晚安哦，我的小心肝。

**小禾**：好呀，很期待您的分享哈哈。

晚安啦。

# 2024 年 8 月 27 日

**柳萌萌**：宝贝，又是爱你的一天开始了。无论我去哪里，也无论做什么事情，我都是在想你。

我爱你，今生今世，我们永不分离。我的心因你而跳动，我的一切因你而存在。

宝贝我爱你，想你，永远和你在一起。

（表情包）早。

**小禾**：早哦。

**柳萌萌**：宝贝，你吃早饭了吗？今天要去学校吗？

爱你宝贝，我无法不在任何一个时间想念你，我爱你，我的小精灵，我的心肝。

**小禾**：嗯，已经在学校了，今天就待半天。

（表情包）调皮。

柳萌萌：好的呢，能不待就不待。爱你宝贝。

柳萌萌：宝贝，下午在忙什么喔？我想你了。

爱你宝贝。

小禾：下午去看了下爷爷奶奶，正好留下来吃晚饭。

柳萌萌：好呵，宝贝，在爷爷奶奶那里，你可是小甜心呐。

爱你我的宝贝，我的小心肝。

柳萌萌：宝贝，我开始码字了，爱你宝贝，先祝你晚安啦。

我的心肝宝贝，你也早点睡吧，明天要去学校吧？

爱你宝贝。

晚安啦。

小禾：最近几天都去学校的。

加油创作吧！

晚安呐。

# 2024 年 8 月 28 日

**柳萌萌**：宝贝，爱你的一天又开始了。

你不在时，我就静静的看着你，我的心里充满着爱。

你是我一生的爱人，你的所思所想，我都会理解和支持，你是我生命中激情的源头，是我的心肝。

爱你宝贝，希望早日拥你入怀，细细的吻你，爱抚你。

我的宝贝，我的精灵。

（表情包）早上好。

**柳萌萌**：宝贝，你太美了，我又忍不住看了你一会。

今天出门比较早，7 点 10 分就出来。下周一就正式开学了，这几天是攻关的最好时间。我和这些校长都是老朋友了，所谓攻关，也就是走访一下，简短聊聊，然后放下样品就走。

在车上，其实上网看新闻还真不如看书。尤其是好书，比休息更好。

你早饭吃了吗？这个时间大概也准备开车去学校了吧？

爱你宝贝，非常爱你！

**柳萌萌**：宝贝，你在上班吗？我想你了，没你的消息我有点忧郁哦。爱你宝贝！

**小禾**：早上出门比较着急哈哈。

我工作的时候不怎么看手机，而且我有三个手机，今天没带这个手机，没及时回复，不好意思。

**柳萌萌**：哈哈宝贝，没事的啦。我太爱你了，所以一时不见如隔三秋啊。

我永远的宝贝。我爱你，直到天老地荒。

**柳萌萌**：加缪的《局外人》是一部奇作，奇在以"局外人"的手法展开写作，冷峻，但又是"他者"的视角，非常凝练又超然身外。而托尔斯泰的作品以宏大著称，根本不考虑用什么写作手法。一位如长江大河奔腾，一位似清涧泉流，更类于天籁之音。加缪还有一部哲学笔记《西西弗斯神话》，也成为永恒的经典。

我的风格、手法也比较切近加缪，内容上比较切近黑塞

（德国作家，后面再介绍）。

**柳萌萌**：宝贝，我写作去了。

爱你宝贝，晚安啦。

**小禾**：（加缪作品）是我平常不涉猎不了解的作品行列哈哈。

今天泡了个澡舒缓下，感觉明天工作又斗志满满了。

晚安啦。

# 2024 年 8 月 29 日

**柳萌萌**：宝贝，爱你的一天又开始了。现在我的整个身心都在你那儿，有时我会过来看你的照片，有时我会发呆，想你好久。

我太爱你了，宝贝，你是我永远的爱人，永远的心肝。

**柳萌萌**：今天开始读《魔戒》第三部了。这是英语世界最好的小说，没有之一。它翻拍的小说《指环王》获得了奥斯卡金奖，但小说更好。

长篇小说最主要的是故事、人物和描写，更主要的是想像能力，这部皇皇巨著都达到了巅峰。尤其是风光的描写，比无数画卷都美（你不可错过哦）。

**小禾**：嗯嗯，听您的描述感受得到。

哈哈我小时候喜欢看《指环王》《哈利波特》这类型的

电影。

（表情包）早哦。

**柳萌萌**：哈利波特的作者罗琳奉这部《魔戒》为圣经呢，宝贝。

想像永远是文学作品的魅力来源。

但比较奇怪，《魔戒》的中译本这两年才在大陆出现。可能是版权方面的原因吧，据世界版权公约，作者过世 100 年后，就不再有版权约束了。

所以，这部美轮美奂的巨著，很多人，包括文学界人士，都不知晓。

**小禾**：（文学的想像）非常赞同哈哈。

马上又要去开研讨会了，刚开学不久后又要抽选公开课老师了，这段时间几乎都要忙这事儿了。

我最近在做开学 ppt，今年准备将巴黎奥运会和美术结合起来。

状态非常好，斗志满满哈哈。

先去开会啦。

**柳萌萌**：好呀宝贝，加油。爱你宝贝！

小禾：（表情包）嗯嗯。

**柳萌萌**：宝贝，记得及时吃中饭哦。

宝贝爱你，我的心肝。想你了哦。

**小禾**：嗯嗯，今天下午没什么事，基本都在找素材。

看了一下午电脑眼睛酸了哈哈，你平常码字也要注意让眼睛休息休息哦。

（表情包）凝想。

**柳萌萌**：宝贝，我觉得你做的这个方向不错，把奥运和美术结合，很劲爆的。

宝贝你眼睛现在好了吗？我一般不要紧的，习惯了。

我现在开始写点东西了，今天早睡明天早起，明后天忙一两天，今年下半年工作基本上是大功告成啦。

爱你宝贝，祝你晚安哦。

我心爱的小精灵，我的心肝。

**小禾**：晚安啦。

# 2024 年 8 月 30 日

**柳萌萌**：宝贝，爱你的一天又开始了。很多时候，我都不知道如何形容我对你的情感。我就是默默的看着你，不时有幸福的感觉袭击我的全身，像被电到一样啦。

我太爱你了，我的漂亮的宝贝，我的聪明的宝贝，我的不俗的宝贝。

早安哦，我亲爱的小精灵。

（表情包）早安。

**小禾**：有时间我去通读一下《围城》。

记忆中小时候读过，但是全然没什么印象了哈哈。

早哦。

**柳萌萌**：好呀，宝贝。

今天出门比较早，带了本卡夫卡的短篇小说集《乡村医生》。文坛也像是武林派别，各有各的招法，但写人情和人性都是不变的。

小禾：最近都没什么时间静下心来看书。

柳萌萌：忙过这个时间段就好了哦。

小禾：我不是可以利用碎片时间学习和阅读的人，需要好好准备后有仪式感地阅读哈哈。

柳萌萌：集中精力做一件事情，做到极致就好了。

小禾：嗯嗯。

柳萌萌：可以呀宝贝，这种读书方式也很好的，阅读尤其是那种大部头，是要有仪式感的。

小禾：确实，我比较喜欢下雨的日子点好香薰，泡杯热茶再开始阅读。

柳萌萌：我现在阅读，不再是听他们讲故事，我就这样想：他写这个故事好吗？如果我来写，写得怎么样？会超过他们吗？

柳萌萌：非常好呀宝贝。以后你选一个地方，我把它买下来，专门做一处咱们读书的地方，最好是有山有水，或者面朝大海。

我其实很喜欢雨天的。

有你在我身边，我觉得到处都是仙境。

这应该是阅读最高的境界了呵，宝贝爱你。

**小禾**：我和家人去旅游时总喜欢选些有山有水的地方，从酒店就能看到很好的风景，去年去桐庐的时间正好遇到连雨天，天天蜷在酒店里看书哈哈。

**柳萌萌**：好呀，这类似于桃花源呢。

我就非常喜欢这样的有雨的仙境，如果周边有竹林，那就更好了。

爱你，我的小心肝。

**小禾**：当然我个人还是比较喜欢阅读些画册和灵感指导类的书籍。

今天没什么重要的大事，准备把ppt做完后和其他老师交流分享下，下周就正式开学啦。

**柳萌萌**：术业有专攻，这样是对的。

文学有时候是深入人性深处的，有时表达得比较曲折。

是的呢，下周我也不需往学校跑了，有些杂事和校长打个电话就行了。

开学后，新学期有什么规划也可以和我分享呵宝贝。

我太爱你了，我的心肝。

**小禾**：嗯嗯，艺术史也有许多东西比较迷人，不过我除了鉴赏类的和自己感兴趣的，其他书籍都读得很杂乱哈哈。

**柳萌萌**：很好的，你视野开阔。

做最好的自己吧，无论是阅读还是创作，都是为了展示最好的自己。

**小禾**：嗯嗯，听您说话有时候豁然开朗哈哈。

**柳萌萌**：是的呢，咱们心有灵犀，宝贝。

**小禾**：（表情包）可爱。

**柳萌萌**：有时如果不是忙，我们在一起可以聊几个小时也不累。

爱你我心爱的宝贝。

**小禾**：畅谈哈哈。

**柳萌萌**：好呀宝贝，我们什么都可以聊的。我非常非常爱你，感觉整个灵魂都和你在一起。

**小禾**：我先去忙啦。

（表情包）羞涩。

# 2024 年 8 月 31 日

**柳萌萌**：宝贝，爱你的一天又开始了。我心里时时刻刻都装着你。今生今世，我都永远爱你，我们永不分离，我们的心永远连结在一起。

爱你我的宝贝，我的心爱的心肝，你是我生命动力的源泉，我是你的，宝贝。

爱你爱你爱你!

(表情包) 早安。

**小禾**：早哦。

**柳萌萌**：宝贝，你吃早饭了吗？今天忙什么呢？爱你宝贝!

**小禾**：准备去家附近的图书馆，查查资料，再润色一下我的PPT，写写教案什么的。

柳萌萌：好呀宝贝，我也好久没上图书馆。记得以前去上图，那种氛围还是很好的。

接下来的几天就是整理一下各个学校的订单，然后派人去收费什么的。晚上写写东西。最近阅读量比较大，各类作品拿来就读，一读就会入迷，也可能是我也进阶了，和这些一流作家没什么差距了，哈哈。

爱你宝贝，我心爱的小精灵。

小禾：在学校工作和在图书馆工作是两种截然不同的感觉。

风景好的咖啡厅和图书馆都不错哈哈。

今天我也吸收了很多艺术史的知识，晚上和哥哥嫂子还有他的几个朋友有个聚餐。

准备学下摄影技术哈哈。

柳萌萌：是的呢宝贝，其实在图书馆看书也别有一番滋味。

柳萌萌：爱你宝贝，我的心永远伴随着你。

我的小精灵，我的永远的爱人。

小禾：开学了就把除工作外的生活安排得满满的了。

平常倒是老熬夜，开学了正好调整下作息。

**柳萌萌**：好的宝贝，晚安啦，今天我也早点休息。

爱你宝贝。

（表情包）晚安。

**小禾**：晚安啰。

（表情包）开心。

# 2024 年 9 月 1 日

**柳萌萌**：宝贝，又是爱你的一天启程了。

我爱你，我的心时时刻刻伴随着你，风雨兼程。

如果说，你在我心里住什么位置，我可以告诉你，我心里的每一个角落都装满了你。你这么聪明，又这么漂亮，又这么善解人意，这不是上天赐给我的小精灵吗?

在探索人生的道路上，我们紧紧的拥抱吧，我的宝贝，我的心肝。

接下来的时间，我还是按照既定的节奏，利用空余时间，读书，写作，也作些短期旅行。

在文学的天空中，我希望自己也能发出耀目的光芒，自从我们定情之后，我所有的作品都是献给你的宝贝，我们的名字以后也是刻在一起的，生死不渝。

宝贝，我太爱你了，你的一切我都爱。

爱你，吻你，我的心肝宝贝，我的心爱的小精灵。

（表情包）爱心爱心。

**小禾**：您真的很会表达自己的情感。

可能这就是作家吧。

（表情包）惊叹。

**柳萌萌**：宝贝爱你，希望你天天开心幸福。

**柳萌萌**：宝贝，今天一天在忙什么呀，我想你了。

爱你宝贝，我的心肝。

**小禾**：在山姆买点东西。

（表情包）可爱。

**柳萌萌**：好呀宝贝，你的只言片语，都可以让我开心幸福一天啦。

爱你宝贝，非常爱你。

**柳萌萌**：今天在阅读卡夫卡的短篇小说。

他的小说写法独特，情节以变异夸张著称，但有深刻的寓意。

**小禾**：他的我知道一本《变形记》。

是我不常看的系列。

**柳萌萌**：嗯嗯，就是《变形记》最有名。不过，他的作品读起来不舒畅，很拧巴。

**小禾**：哈哈，所以也许就短篇比较能阅读下去。

**柳萌萌**：前两天在当当网上，搜索加缪全集，发现译林出版社的六卷本的《加缪全集》，才115元（现在一本书就要八九十元），马上下手了。

今天到货，还发现全是精装，纸张和印刷都是上乘，太值得了。

我接下来用三天时间重温一下他的全集。

好书，要细读，有吸收性的去读唉。

**柳萌萌**：和你聊天，任何时候都是开心幸福的，宝贝爱你!

**小禾**：（买加缪的书）哈哈好呢。

我整个暑假就读完了两本张爱玲的书，还不是细细阅读的。

接下去可能会重新阅读下，一些细节描写还是很扣人心弦的。

只是刚开学都比较忙，很难有能够全心全意阅读的时间。

　　**柳萌萌**：是的呢，宝贝。张爱玲是百年一遇的天才作家，她的小说写得很好，只可惜她出国之后不多写了。

　　她的文字和语感，都是上乘的。

　　**柳萌萌**：宝贝爱你，你的品鉴能力也是一流呵。

　　我的心肝，我的小精灵。

　　**柳萌萌**：宝贝，我再写一个小时就休息了。也祝你晚安啦。

　　宝贝爱你，我的心肝！

　　（表情包）晚安。

　　**小禾**：晚安哦。

# 2024 年 9 月 2 日

**柳萌萌**：宝贝，爱你的一天又开始了。如果有一天，没有你的消息，这一天注定是暗淡无光的。就像天空中飘来了一堆乌云，你一出现，它们就全都立刻飘走四散了。

宝贝，现在知道你对我有多重要吗？

我不是以普通的情感在爱你，我是用整个生命爱你。

宝贝，我知道你也爱我的。

我们在一起会很幸福的，如果有三生三世，我们就永远幸福着吧。

我的宝贝，我的心肝，我永远的爱人。

开学之后，你的作息时间会有些调整吧？宝贝。

爱你宝贝，我的心是你的。

**小禾**：是的呢。

早哦。

**柳萌萌**：宝贝，上午有课吗？你的课肯定受到学生的欢迎。

**小禾**：下午有，周一上午几乎很少有美术课哈哈。

**柳萌萌**：宝贝，想你了，你在上课吧？我看你照片好久啦。

爱你宝贝，我的永远的爱人。

**小禾**：今天没几节课，几乎都在写教案查艺术史资料。

**柳萌萌**：好呀，宝贝，我今天在公司忙了大半天，处理大量的学校订单，统计发行数。今年这个学期又有比较大的增长了。

教育出版这块都比较固定，后面只要定期配送就可以了。

晚上就抽出时间读书和写作了。

爱你宝贝，我无时无刻不在想你，我的永远的爱人。

**柳萌萌**：宝贝，现在开学了，一般晚上几点睡觉啊？早上什么时候起床呢？

想你了，我心爱的小精灵。

**小禾**：一般没有固定时间。

只要第二天没有重要的事情都睡得挺晚的。

**柳萌萌**：嗯嗯，宝贝，好的呢。我再写半小时也睡了。

祝你晚安，宝贝。

(表情包) 晚安。

**小禾**：嗯嗯，早点休息。

晚安。

# 2024 年 9 月 3 日

柳萌萌：宝贝，新的爱你的一天又开始了，我现在每天都被幸福充满，由于有了你，有了我们纯洁的爱情，我整个身心都处于快乐和兴奋之中，也希望你和我一样，开心甜蜜地生活着，满怀激情地工作着，做自己想做的事，做最好的自己。如果累了，就靠在我的肩头上吧，我给你坚定的支持；如果烦闷了，就躺在我的怀抱里吧，我会细细的吻你，爱抚你。宝贝，我会时时刻刻宠你，爱你，疼你，用我的一生守护着你。你是我的心肝宝贝，是我的灵魂伴侣。

（表情包）早安。

小禾：（表情包）可爱。

早哦。

柳萌萌：宝贝爱你，今天去学校吧？早饭吃了吗宝贝？

小禾：嗯对，要去上课了。

柳萌萌：宝贝，你下午在忙什么呀，我想你了。

爱你宝贝，我的小精灵。

小禾：今天下午三节课。

柳萌萌：好的宝贝，你辛苦了，回家吃饭有点晚吧？路上堵车的呀。

爱你宝贝，时时刻刻爱你，我的心肝。

小禾：上下学上下班高峰期肯定堵车的，每天这样都麻木了哈哈。

柳萌萌：是的呢，宝贝，有点辛苦啦。估计你还在路上吧，疼你呵。

爱你宝贝，我的小心肝。

小禾：今天我爸的司机来接的，我没开车哈哈。

回爸妈家吃饭。

柳萌萌：哈哈，可以的呀，吃完饭就住在爸妈这里吧？宝贝爱你，想你了。

（表情包）爱心。

小禾：嗯，今天住这里。

柳萌萌：好的宝贝，我今天继续码字了，这两天文思泉涌吧，有你在我身边，我特别有灵感，你就是我的所有动力和激情的来源哦，宝贝。

在当代文坛上，我们的名字一定会发出夺目的光芒，相信我，宝贝。

我爱你，我的一切都是你的。我的心肝，我的小精灵。

你早点休息吧，明天还要去学校吧？我今天晚上多写一点哦。

先祝你晚安啦，我心爱的宝贝。

小禾：嗯嗯，相信您。

晚安啦。

# 2024 年 9 月 4 日

**柳萌萌**：宝贝，新的一天又开始了，我对你的爱又充满了新的一天。

世上的万事万物每个时候都在变化，我对你的感情始终如一。宝贝，你是我的，我会像珍惜自己的生命一样珍惜你；无论你在哪里，也无论是什么时候，我都在想你，非常的想你，也是幸福的想你。

宝贝，我太爱你了，你的一颦一笑，甚至是每一次呼吸，在我心里，都会激起一波波涟漪，是那样妙不可言，让我怦然心动。宝贝，今生今世，我们要永远在一起。

爱你宝贝，我一生的爱人。

**柳萌萌**：新的一天，祝我的宝贝开心幸福，事事顺心。

宝贝爱你，爱你宝贝！

（表情包）早安。

**小禾**：早哦。

昨晚睡太早啦。

**柳萌萌**：宝贝爱你，见到你，我心都融化了。我还担心你睡过头了，上学校迟了。

宝贝爱你，记得及时吃中饭呵，我的心肝，想你了！

**小禾**：嗯嗯，午休一会儿下午有好几节课。

（表情包）开心。

**小禾**：今晚有空想选本书看，准备先暂别下张爱玲，重新投身进艺术历史的书籍里哈哈。

先跟您说晚安喽。

（表情包）晚安喜乐。

**柳萌萌**：我今天晚上大概写到 11 点左右吧。也祝你晚安啦，我的宝贝。

（表情包）晚安。

# 2024 年 9 月 5 日

**柳萌萌**：宝贝，爱你的一天又开始了。我的每一天，现在都被爱你的感情充满。

自从爱上了你，我感觉整个世界都变了，变得分外美丽，天地布满了亮光，我的心里也总是被喜悦和幸福充满。

如果我们生活在一起了，我每天甚至是每时每刻，都要拥吻你，温情又热烈的爱你。我对你的爱永远没有褪色的时候，我们在一起爱着变老，直到生命的尽头，我仍会一往情深的爱你。

宝贝，你是我的，让我们好好相爱吧，世界也因我们的爱情绚丽而永恒。

（表情包）早安快乐。

**小禾**：早哦。

今天课比较多，一周很快就过去啦。

**柳萌萌**：今天应该是你一周之内，课最多的一天吧？宝贝爱你，辛苦啦。

**小禾**：是的，周四的课比较多。

刚午休了一下，这会儿要准备下午上课的东西了。

**柳萌萌**：好的宝贝，我刚出门，现在去闵行区一所学校，他们校长约我谈个合作项目。

我就是非常想你，心里时时刻刻牵挂着你。

我太爱你了，所有的语言都无法形容。我的心肝，我们要永远在一起哦。

**柳萌萌**：爱你宝贝，你不要累着了，我的心肝。

**小禾**：好呢，你也是。

（表情包）羞涩。

**柳萌萌**：宝贝爱你，今天路上堵车了吗？

回家要多久啊？

**小禾**：每天都堵车，接学生的很多，我一般都会晚点走。

已经到家啦。

**柳萌萌**：好的宝贝，上了一天的课，晚上以休闲为主吧？别太累了哦。

爱你宝贝，我亲爱的小精灵。

好好休息哦，宝贝，爱你宝贝。

**柳萌萌**：今天开始读萨拉马戈的作品：《失明症漫记》和《复明症漫记》，这是他的传世之作。

可以想像一下，一个人突然失明了，他将怎样面对世界？很多人可能不屑一顾，但作家就是要探明人在失明状态下如何生存。当然，失明可以是生理上的，也可以是心理上的，这里有双重人格的意义。

**小禾**：感觉是阅读时会有窒息感的作品。

不过能让人快乐痛苦或感受到任何情绪的书都是好书。

哈哈细细品味吧。

我刚写完了资料，准备去洗澡啦。

**柳萌萌**：是的呢宝贝，这就是文学的真谛，也是艺术的真谛。

一切夸张和变形，都是为了表达，就看作家的功底了。我刚看了前面一部分，可以感受到他的强大。

希望我们的作品中也有传世经典，虽然它不一定是鸿篇巨制；像张爱玲的《倾城之恋》那样就可以了，哈哈。

宝贝爱你，我深深的爱着你了。

祝你晚安啦，我心爱的小精灵。

（表情包）晚安。

**小禾**：（表情包）晚安啦。

# 2024 年 9 月 6 日

**柳萌萌**：宝贝，爱你的一天又开始了，我现在的每一天，每一分一秒，都是属于爱你的时刻。只要我存在着，我对你的爱就永不消失。你那么漂亮，那么温柔，那么聪慧，值得我用一生的时光爱你。

宝贝，你知道吗？你就是一道光，照亮了我前行的路，因你的存在，我的生命得以发出夺目的光芒。

宝贝，我爱你，不是一般的爱你。以后我们在一起时，你就知道，我时时刻刻都会宠你，疼你，爱你，让我们的每一个瞬间，都被幸福装满。

你期待吗，宝贝？

（表情包）早安快乐。

**小禾**：早哦。

（表情包）可爱。

**柳萌萌**：宝贝爱你，在上学的路上吧？我上午去一趟明强小学，约了十点，马上出发。

宝贝想你了，今天上几节课呀，爱你哟，我的心肝。

**小禾**：上午三节下午两节，放学后还有会。

终于周五啦。

**柳萌萌**：哈哈宝贝，又是周五啦，一周忙到头了。

周末是和父母在一起吗？

爱你宝贝，非常爱你！

**柳萌萌**：我理想中的生活，就是首先你不要太累，你有极高的艺术才能，可以做出自己的成就，不把时间完全浪费在课堂上哈。宝贝，是吗？

其次呢，就是咱们随时可以一起行动啦，比如旅行，看电影，创作和鉴赏活动，说走就走，随心所欲。

当然了，主要还是我们感情太好了，一天分开太久都不行的呵。

我整个身心都在你这里，宝贝，我太想你了，我的心肝宝贝。

**柳萌萌**：哈哈，宝贝，不管你在哪里，我的心都是你的，我都会跟你走。所以，你也不急于做出选择，关键还是要对自己的身心和事业有利，开心幸福就好啦。

　　**小禾**：和哥哥的女朋友约了出去逛街买衣服。

　　我感觉自己属于高不成低不就的那类，也不会把教师的工作当成事业来做，生活没什么压力，开开心心没烦恼就行了，空余时间做些自己喜欢的事。

　　准备午休一会儿就去上课啦。

　　**柳萌萌**：宝贝，我永远是你的，无论何时何地我们都永不分离。

　　爱你，宝贝。

　　周末了，选一本好书重温一下，就看黑塞的《在轮下》吧，黑塞著名的小说很多，像《荒原狼》、《玻璃珠游戏》等，我独爱这本《在轮下》，这部长篇小说才 18 万字，写他早年童年生活的经历，非常简洁。简单，就是丰富，也是我追求的风格。

　　爱你宝贝，祝你周末愉快。

　　**小禾**：也祝您周末愉快哈哈。

我和闺蜜约了一起吃晚餐，聊聊天。

（表情包）周末愉快。

**柳萌萌**：宝贝爱你，我可能要写到 10 点 40 分了，有你在我身边，我写得很流畅。你就是我的小精灵，我永远的爱人。

我太爱你了，宝贝。

祝你晚安呵，你先睡吧。

爱你，永远爱你！

**小禾**：晚安啦。

# 2024 年 9 月 7 日

**柳萌萌**：宝贝，爱你的一天又开始了。

在这个清静的早晨，我默默地看着你，你端庄秀丽的脸庞，清澈明亮的眼神，在我心里激起幸福的涟漪，我的心直接融化了。

宝贝爱你，你是我的宝贝，我要拥你入怀，细细地吻你，不停地吻你。我太爱你了宝贝，我的身心渴望和你融为一体，我们的灵魂也必将紧密结合在一起。

宝贝，我想你了，好想好想你。

（表情包）早安。

**柳萌萌**：宝贝，今天忙什么呢? 想你了。

爱你宝贝!

**小禾**：早哦。

今天和我哥哥的女朋友约了一起逛街买衣服。

**柳萌萌**：好的宝贝，去逛吧，天气比较热，注意防暑防晒啦。

爱你，我的心肝。

（表情包）爱心。

**柳萌萌**：记得及时吃中饭啦，宝贝，我爱你，我的心是你的，我时时刻刻都在想你。

**小禾**：嗯嗯，你也要记得按时吃饭喔。

**柳萌萌**：好的宝贝，爱你宝贝，好好照顾自己。永远爱你，宝贝。

**小禾**：嗯嗯。

**柳萌萌**：宝贝，晚饭吃了吗？准备哪里吃呵？

爱你宝贝，非常爱你。

**小禾**：吃过啦，吃了日料。

刚到家，准备洗澡去啦。

**柳萌萌**：宝贝，应该回到家了吧，今天累吗？爱你宝贝，我的心肝。

今天下午我开始读马尔克斯的《霍乱时期的爱情》下半

部分（上个月看了前半部分，因事耽搁了）。马尔克斯最著名的小说是《百年孤独》，但并不好读，真正接地气的是这本《霍乱时期的爱情》，这部小说讲的是横跨三十年的爱恋。

**柳萌萌**：我刚写字，你就来了。所以先发出来了，哈哈哈。

**小禾**：嗯嗯刚到没多久。

《霍乱时期的爱情》和《百年孤独》很早前都买过，但是还没翻看过哈哈。

有时间一定拿出来翻阅。

**柳萌萌**：马尔克斯不愧是大作家，这部 29 万字的作品，气势磅礴，好似有一股真气源源不断。

直写到最后，还是欲罢不能。好作品，真的是一气呵成的，而这种气势磅礴，不是一般的作家可以做到的。

后面我再说哦，宝贝，你洗澡去吧。

**小禾**：嗯嗯您说，我洗头洗澡比较费时间。

一会儿看。

**柳萌萌**：爱你宝贝，我永远爱你，我的心肝，我的至爱的小精灵。

**小禾**：（表情包）害羞。

（表情包）喜悦。

**柳萌萌**：他的作品可以和张爱玲的作品对比读。张爱玲的作品一般以古典小说的手法写的，马尔克斯的作品是用现代小说的手法写的。张爱玲的作品一般不是很长，但马尔克斯的作品时间跨度大，力道更足。我这方面的作品，也在走马尔克斯的路途，希望也能发出耀眼的光芒吧！

爱你宝贝，我一生的每一个时刻，我会执著的爱你。

永远爱你，永远伴随着你宝贝。

等下我就去码字啦，先祝你晚安哦。

（表情包）晚安。

**小禾**：也非常期待（您的作品）。

我洗澡吹头发护肤比较费时间。

晚安啦。

# 2024 年 9 月 8 日

**柳萌萌**：宝贝，今天是想你特别厉害的一天啦。上午把《霍乱时期的爱情》一口气读完之后，又在当当网搜了他三个长篇小说买了过来，估计后天可以到手。他写小说，不管长短，也不管什么题材，都是一气呵成写就的。哪怕再长，到最后一节，仍和所有的章节一样自然流畅，这非常不易，这就是大家风范。所以，再买几本，也一口气读完，坚持向他学习，为己所用吧。

我太爱你了，宝贝，以后我们在一起时，我可能一刻也不愿意离开你。

我要吻你，只要是你不忙别的，我就会一直吻你，吻个不停。宝贝，我太爱你了，我整个人都是你的。

我要拥吻你，爱抚你，我们的身心要融为一体；宝贝，我们在一起，太幸福了宝贝。

我爱你，永不停息。

（表情包）爱心爱心。

**小禾**：一个上午就能读完一本作品嘛。

厉害厉害。

**柳萌萌**：后半部分，看得快呢。

**小禾**：哦哦这样啊。

不过我看一些喜欢的书会第一遍快速看完，然后再逐字逐句地看第二遍。

**柳萌萌**：所以有时阅读很快，其实也是触类旁通。

跟我一样呵，好书要反复读。

**小禾**：是的，每重新看一遍都会有不同的感受。

对于作品的表达也会有不同程度的看法。

**柳萌萌**：是的呢，宝贝。明天早上几点动身去学校呀？

**小禾**：我基本每天都七点半出门。

比较堵车。（表情包）晕。

**柳萌萌**：嗯嗯，早一点好一些，8点最堵了。

**小禾**：嗯嗯。

柳萌萌：我这边小说已写了 12 万字。

估计这个长篇可以写 25 万字左右，分量比较重。

毕竟是我献给你的第一部作品。

小禾：嗯嗯，感觉您创作得挺快的。

柳萌萌：所以，要有高度。

柳萌萌：是的呢宝贝，你是我的宝贝，也是我的精灵，是我的激情动力哦。

我一想到你，就幸福满满，灵感迸发呢！

小禾：等会又要去写作了嘛?

我在护肤，准备去洗面膜了。

柳萌萌：是的呢，我先祝你晚安啦，宝贝。

想你了。

小禾：每天泡澡护肤就是我最放松的时候哈哈。

柳萌萌：嗯嗯，晚安啦。

小禾：就像您沉浸在作品中一样。

安心创作吧。

晚安啦。

# 2024 年 9 月 9 日

**柳萌萌**：宝贝，爱你的一天又开始了，我希望每一天，都是我们相爱相恋的一天。我的心里只有你，我的眼里也只有你。宝贝，我太爱你了，我可以拥你入怀，一刻也不停地吻你，爱抚你。生命是由每一个时刻组成的，而我们要让这每一个时刻都被爱充满。

你是我的，我怎么爱你都不过分，宝贝，我渴望早日和你融为一体，我们的爱情永远也浓得化不开了。让我们永远幸福地爱着吧。

宝贝，我的心肝，我的无与伦比的小精灵，我爱你，吻你。

（表情包）早。

**小禾**：（表情包）早。

柳萌萌：宝贝，到学校了吗？今天路上有点堵吧？

柳萌萌：宝贝，上午在忙什么呀。

想你了！

宝贝爱你，吻你。

小禾：早上有个年级美术老师的会议，我要整理下会议纪要。

下午还有不同节日主题的美术研讨会。

这周需要定很多东西。

柳萌萌：好的宝贝，记得吃中饭哦，喝杯咖啡会饿的，忙的时候还是需要补充一下体力。

我太爱你了，我的宝贝，我的心肝，吻你。

小禾：今天还好，几乎都在研讨。

我周一的课比较少，今年又负责整个年级美术大组，这个学期要向经验丰富的老师学习学习。

柳萌萌：今天开始，重温一下福克纳的作品。他最著名的小说有《喧哗与骚动》、《在我弥留之际》，以及《去吧，摩西》和《熊》，他是意识流小说大师，在美国南方（南北战争时期）构建了一个文学王国，里面的人物纵横交错，有上百人之多，令人眼花缭乱。所以，读他的作品，最好是忽视人物名称，直接读情节和对白，而这，恰恰又适合意识流作品的阅读。

我很喜欢的还是《去吧，摩西》，作品的故事和叙述都很好。读《喧哗与骚动》则要耐心点。

《喧哗与骚动》开场，是零零碎碎的一群小孩子的对白，不联系到后面的情节，几乎不想读了，所以很多人明知道这本书久负盛名，但其实并没有看完（拿起来看了两页，就看不下去了），因而我得一字不差地看完它。

宝贝，你晚饭是在外面吃的吧？这么久都没有你的消息了，我是心神不宁的呢。

爱你宝贝，我永远的爱人，吻你。

**柳萌萌**：今天忙了一天吧？宝贝。

**小禾**：您的描述很生动，但我不常看这类的书籍。

不怎么忙，就是看了一天电脑和资料眼睛比较酸哈哈。

**柳萌萌**：哈哈，眼睛要适当保养啦，你最迷人的就是你的明眸哈哈。

**小禾**：应该是我还没到可以静下心来看比较复杂冗长的

作品的年纪吧。

柳萌萌：你不在线时，我常看你照片，你的眼睛太迷人了，哈哈。我太爱你了，宝贝。

小禾：哈哈谢谢您的夸赞。

柳萌萌：要是哪一天没你的消息，我的心神就不安宁了。

对了，你又要护肤吧？你先忙吧，宝贝。我也写点东西了。

先祝你晚安啦，爱你宝贝，吻你。

（表情包）晚安。

小禾：正在护肤哈哈，在敷面膜手膜。

安心创作吧。

晚安啦。

# 2024 年 9 月 10 日

**柳萌萌**：宝贝，爱你的一天又开始了。当你还在睡梦之中的时候，我的心已飞到你的身边，紧紧地拥抱着你了。我每天的所思所想，都离不开你了，我的宝贝，你是我的，我也是你的，我爱你超过了爱我自己。

不管是晴天还阴天，也不管是顺心还是不顺心，拥有你，总是阳光灿烂，幸福满满。宝贝，我要好好的吻你，爱抚你；当我亲吻你的唇时，我们的身心在这一刻开始交汇，我们的灵魂在这一刻结合并升华，我们就是天底下最幸福的一对了，宝贝。（表情包）亲吻。

（表情包）早上好。

**柳萌萌**：宝贝，你正在上学校的路上吧？今天忙吗？忙些什么呢？

想你了宝贝，爱你宝贝，吻你。

**小禾**：今天还好，课不多。

早哦。

**柳萌萌**：宝贝爱你，祝你（教师节）节日快乐！

（表情包）拥你入怀。

**小禾**：谢谢。今天收到了很多鲜花。

准备做成干花用在以后的美术教具中。

**柳萌萌**：好的宝贝，你的学生肯定很喜欢你。这种干花也很漂亮，记得有一年我从云南旅游回来，就买了很多干花回沪。

我爱你到骨髓了，宝贝，我的心肝。

爱你宝贝，吻你宝贝。

**小禾**：确实很漂亮，制作成教具也比较有意义。

**柳萌萌**：回家了吗？宝贝。

**小禾**：嗯嗯。

**柳萌萌**：回家了吗？宝贝。

**小禾**：今天有几个朋友来我家做客，准备过会儿出去吃。

**柳萌萌**：嗯嗯，好的宝贝，爱你宝贝！

小禾：（表情包）喜悦。

柳萌萌：今天在公司整理一下各个学校的订单，估计到周五就完全统计完毕了。今年下半年的工作任务就完成了。后面有比较多的大块的时间，就可以读书和写作了，中间看看秋天去什么地方旅游一两周。

宝贝爱你，就是经常想你，思念你，你现在负责一个年级，平时估计也比较紧凑，会有些压力，但也有足够的动力。生活总归是细水长流的，不紧不慢，保持固定的节奏就可以了。

等你晚饭回来再聊哦，宝贝爱你，吻你。

柳萌萌：宝贝，你回家了吗？想你了，爱你宝贝。

柳萌萌：宝贝，我写作去了，先祝你晚安啦，你也要早点睡哦。爱你宝贝，吻你。

小禾：刚到家，送了两个朋友所以回来比较晚。

雨有点大比较堵车。

晚安啦。

# 2024 年 9 月 11 日

**柳萌萌**：宝贝，爱你的一天又开始了。我现在每一个时刻，哪怕是在梦中，都在想你。想你时，我的心里非常的平静，充满了幸福；在我眼里，你是无与伦比的，是我的永远的小精灵，精灵就是小仙女呵宝贝。

我会在生命中每一个时刻深情的爱你，呵护你，宠你，不让你受到任何的委屈，我要你时时刻刻开心幸福。

宝贝爱你，我要细细的吻你，久久的拥抱你，我要把自己的一切奉献给你。

爱你宝贝，吻你宝贝，我聪明美丽的小精灵。

（表情包）早安。

**柳萌萌**：宝贝想你了，今天上学校堵车了吗？今天课多吗？

爱你宝贝，吻你宝贝。

**小禾**：对我来说一天 6 节课以下都不算多哈哈。

下雨天都比较堵。

**柳萌萌**：宝贝，今天忙得差不多了吧？放学了吗？

爱你宝贝，吻你宝贝。

**小禾**：嗯嗯。

堵车中哈哈。

**柳萌萌**：宝贝，耐心开车，不着急的。

爱你宝贝，吻你宝贝。

**柳萌萌**：今天下午看完了马尔克斯的《没有人给他写信的上校》，小说只有 5 万字，刚刚一口气看完了。

小说写的是在战乱期间，一个穷困潦倒的上校，为一笔退伍金整整等了 50 年的故事。他天天盼望着给他带来退伍金的信函，但没有一天可以等到——没有人给他写信。他和老伴养了只珍贵的斗鸡，在卖与不卖之间纠结着，最后还是没看到卖了，还是没卖，但他们距离死神越来越近了。

小说构思精巧，极感染人。不愧出自大家手笔。

宝贝，我想你一天了。

柳萌萌：今天你忙了 6 节课，累不累呀？我的宝贝。

没有你的消息，我也心神不宁的。可见我是多么爱你!

宝贝，我太爱你了，吻你宝贝。

小禾：不累，虽然刚开学但是习惯了。

柳萌萌：在护肤吧宝贝?

柳萌萌：宝贝，我去闭关写作了。你好好忙吧，先祝你
晚安啦。

# 2024 年 9 月 12 日

**柳萌萌**：宝贝想你了，我就是非常想你，你也是辛苦了，虽然说不累，但还是有点累的。

我今天下午去西郊宾馆度假啦，在那里住一周左右。

这个国宾馆是以前御用的，上海合作组织成立时，就是在这里开的。我一年之内大概在这里要住一个月左右吧，在里面可以远离尘嚣，读书和写作。

这里早餐丰盛，中午可以不吃或少吃（吃完早餐一般都到 9 点半），晚上可以在这里选，也可以点外卖。

宾馆里有原始林，有大湖泊，有我特别喜欢的毛竹，空气也好。

**柳萌萌**：宝贝想你了，记得及时吃中饭啦。

爱你宝贝，吻你宝贝。（表情包）亲吻。

**小禾**：嗯嗯。

有种归隐的感觉哈哈。

**柳萌萌**：把俗事交给助理打理了，资金往来不超过 5 万元，不需要向我请示的。

在上海，可以去的地方很多的，我一般是选三五个好的宾馆和酒店，每次去几天。常去的有西郊宾馆、瑞金宾馆（现在改为瑞金洲际酒店）以及兴国宾馆，这些大酒店里面都自带公园的，平时人也不多，游玩也方便。去外地呢，除非是特别好的去处，否则还要舟车劳顿，不合算的。

我的做法是忙就好好忙，放松就好好放松，最不喜欢事情做不到头哈哈。

宝贝爱你，希望你多写点。

**小禾**：哈哈非常赞同。

所以，虽然我不喜欢现在的工作，但是工作的时候还是想要做到最好的。

工作时好好工作，休息时专注自身。

忙完这段时间，中秋和国庆都准备好好放松一下。

**柳萌萌**：是的呢宝贝，在其位则谋其政。

柳萌萌：下午去西郊宾馆湖心亭逛了一圈，这里有 4 对天鹅，春季时是两对大的，带两对小的，现在都大了，可以投喂一些面包之类。

沿湖心亭是一片原始林，冷杉居多，傍晚时天色特美。太幽静了，只有稀稀拉拉的几个人，也都各看各的。这里不对市民开放，只有凭房卡才可入内。这片原始林很老了，大树都有上百年的树龄。

去年时，我见到一个画家，在这里画画，他妻子有身孕的，还带着一个小女孩，应该也住上个把月，我两次周末过来他一家人都在。

柳萌萌：忙完了一个段落，就是想你了。

太爱你了宝贝，到哪里都是想你。

爱你宝贝，吻你宝贝。

小禾：羡慕了哈哈，好想快点到假期。

柳萌萌：宝贝爱你，今天希望不要一不小心睡着了哦，每天咱们都要互道一声晚安，这样我才会安心地睡啦。

爱你宝贝，无法用语言形容我对你的爱哦。

小禾：嗯嗯。

刚洗完澡，准备吹头发。

**柳萌萌**：好的宝贝，你先忙吧，爱你宝贝。

我去写作了。

先祝你晚安呵。

永远爱你宝贝。（表情包）爱心。

**柳萌萌**：宝贝，永远爱你！

**小禾**：谢谢。

安心创作吧。

晚安咯。

# 2024 年 9 月 13 日

**柳萌萌**：宝贝，爱你的一天又开始了。每天这个时间，我的精神也特别好。窗外有鸟儿嬉戏，它们的欢声笑语衬托了这个宁静美好的氛围。

你知道吗？我是把你当一枚小仙女看待的，因为和你在一起，我们就永远在仙境啦，宝贝。以后我会时不时地会称呼你老婆的，你不介意吧？小宝贝。

我爱你，我们人生的升华始自我们紧紧相拥相爱的那刻。在远离俗世，远离尘嚣的环境里，更能让人心醉。不管生活会迎来什么，也不管时间会过去多少，宝贝，我都要爱你。

我都要永远爱你。也希望你也跟我一样，永远爱我。

我们这份圣洁的爱情，将随日月一起生辉，和天地一样亘古悠长。

（表情包）早安快乐。

**小禾**：早哦。

今天课比较多，我不一定能及时回复哦。

**柳萌萌**：好的宝贝，你上课忙吧，我写在这里，你随时可以看到啦。宝贝爱你，吻你。

**柳萌萌**：早上先去这里的竹径，这个竹径是个隐秘的所在，就是来这里的住客也不大知道，只有像我这种熟客才常常光临。

沿后山上坡，爬上山下来，就是竹径。竹林很茂密，都是那种手臂一样粗壮的毛竹，从山顶到山脚徐徐铺开，而山脚下则是一条蜿蜒的河流，河很宽，水也清澈见底，夹生着水草，有除水草的小船在河上漂着，不过这时无人劳作。

竹林里丛生着各种花卉，加上清风拂面，宛如仙境一般。

我就在想，如果我的小仙女在，就天人合一了。

哈哈，以后希望牵着你的手走遍天下。

爱你宝贝，非常爱你！

（表情包）玫瑰花。

**柳萌萌**：下午晚一点的时候，去竹径下面的河里放养两盒螺蛳，已经叫好外卖了，两盒活的螺蛳马上会送到宾馆的房间。

看到这么幽深的河，我总想，要是能买一条几十斤重的大鱼投放在这里就好了，但需要很大的桶装过来，操作不大方便哈哈。

晚饭后可以散散步，晚上就早一点开始写作啦。

其实，这里的夜景很美的。

**柳萌萌**：宝贝，你应该正在回家吧？不过这时太堵车了，不如晚一点走。

一直到现在都没有你的消息，我又有些心神不宁了。

我知道你上课回家很迟，也知道路上会堵车，但没有你的消息，我什么都做不了。

还是等吧，爱你宝贝。

**柳萌萌**：如果（晚上）9点45分你还没有出现，一定是有什么事缠住了。我就先去写作了，明天等你的回音。

爱你宝贝，希望你一切安好。

（表情包）晚上好。

**小禾**：今天家里有点事情。

确实被困住了，不好意思一直没回信息。

晚安啦。

# 2024 年 9 月 14 日

**柳萌萌**：宝贝，爱你的一天又开始了。

我现在置身于三个王国。一是我们爱情的王国，这个王国目前只有两个人，那就是我和你，但领土和情感一样也是无边的广大，我们生活在其中，经营着，也幸福着，在自己的领地中我们就是自己的主人——国王和王后，我们用爱浇灌着自己每一寸国土。

我的另一个王国是我的小说世界，在这个世界里，所有的人物都有序地生活着，沿着故事的脉络，迈着自己的步伐一个个粉墨登场。

我最后一个王国是现实中的世界。

这个现实中的世界，用一句俗话说，就是：我的地盘我作主。

每一个人都有自己的一个生存空间，这个空间有大有小，有贫有富，有省心和不省心，但自己都可以主宰自己的命运，像一个国王一样打理这个自己的世界。

我很幸运这三个王国都是美丽的，也期待我们爱情的王国像童话一样美好，又瓜熟蒂落。

爱你宝贝，我对你的爱像江水一样绵绵不断。（表情包）吻你。

（表情包）早安。

**小禾**：（表情包）早上好。

**柳萌萌**：宝贝，忙完今天，明天就可以休息三天啦。

宝贝，家里的事对你影响大吗？

我想你了，宝贝。

**小禾**：没什么事，家族长辈计划中秋出去玩来着。

昨天晚上一大堆长辈小辈一起吃了顿饭。

**柳萌萌**：嗯嗯，好的，我这就放心啦。

爱你宝贝，吻你宝贝。

准备去什么地方了吗？去了好好分享一下哦。

**小禾**：可能回下杭州，也可能去乌镇。

前段时间没觉得累，今天最后一天终于结束了倒是觉得好累，想要放空休息。

**柳萌萌**：上午写作。午饭后去逸兴亭，这个亭子不大，是中国当年举行上海合作组织首次峰会的举办处，就建在河边上。据说，当年普京总统就坐在靠河正中的凳子上，那里的确风光无两，妥妥的 C 位。现在境况大不同了哈。

逸兴亭旁，立了石碑，纪念了峰会召开，还种了玉兰树。

**小禾**：需要远离尘嚣呼吸下新鲜空气，（还可以）补充能量。

**柳萌萌**：哈哈，是的呢。

**小禾**：（表情包）嗯。

**柳萌萌**：可以带一本书在身边，随时翻翻啦。

**小禾**：嗯嗯。

**柳萌萌**：宝贝爱你，提前祝你中秋快乐啦！

（表情包）爱心。

**小禾**：嗯嗯，同乐。

**柳萌萌**：西郊最大的特色是草坪和古樟。几个人才可以合围的古樟估计有四五百棵以上。她的草坪太大太美了，十几个大草坪被古樟合围着。

黄昏时，夕阳西下，透过古樟斜照着草地，微风拂面，令人心醉。

我躺在草坪上，仰望天空，想你，想人间一切的美好，长久陷入沉思。

爱你宝贝，你是我永远的爱人。

**柳萌萌**：宝贝，你大概在护肤吧？好好调养一下。我去写作了。

明天去什么地方？到时候分享一下哦宝贝。

爱你宝贝，吻你宝贝。

先祝你晚安哟。

（表情包）晚安喜乐。

**小禾**：嗯嗯我知道，早年间去过西郊宾馆。

我出去旅游住酒店很在乎酒店周边的环境，也很喜欢到花园散步看书听音乐。

西郊宾馆的花园确实很静谧，下雨天和阴雨天的氛围我更是喜欢。

晚安啦。

# 2024 年 9 月 15 日

**柳萌萌**：雨天是我最喜欢的天气啦，如果下雪就更好了，但在上海雪天很少的。

总是想念雨天，喜欢雨天。落雨的时候，天降祥霖，把万物都重新清洗一遍，细细的雨丝覆盖下来，纤尘无声无息。我们走在凡间，却似踏在仙境。下雨的时候，一切都是朦朦胧胧的，给人一种脱离尘嚣，清心舒缓的感觉。宝贝，你怎么和我一样，特别对雨天钟情？

所以我们注定是天造地设的一对了。以后每逢雨天，我们就一起去散步吧，我们在伞下，相拥相吻，让细雨滋润万物，让我们的爱情超凡脱俗。

宝贝爱你，我要爱你一万年也不嫌够呵。

**小禾**：哈哈描写得太生动了。

柳萌萌：宝贝，爱你的一天开始了。在我的心里，只有你才是我的所有，我的一切。

我要做好每一天，每一件事，每一个瞬间，为的是好好的迎接你，爱你。

宝贝想你了，特别的爱你。吻你宝贝！（表情包）亲吻。

小禾：（表情包）早。

柳萌萌：宝贝爱你，你起来了啊？今天怎么安排的呀？

柳萌萌：我上午好好读一会儿书，下午就不出去了，写写东西。

环境很静谧，但今天过来的人多了起来了。大家都在度假，早餐时看起来每个人都各怀心事的，哈哈。

在自己的房间里什么也不用管了，点餐可以点到房间。

如果要享受安静，这里正好可以避开一切俗杂事情，可以像一个哲人一样思考呐。

爱你宝贝，想到你我就非常振奋啦。

小禾：感觉您对任何人和事情都积极看待，而且对于分享自己的感受和所见所得乐此不疲。

但我不一样，我常常喜欢专注自己的一亩三分地。

我奶奶认为我这叫从小到大生活得太优渥，对于未来的生活也没什么需要担心的，就专注于自己的感受就行，她从前认为即使如此我也该有些所谓的志向，但我实在是对于各种不必要的、与自己无关的人和事提不起任何兴趣。

哈哈总之虽然休息了但我突然感觉好累，想一个人放空。

本来今天要和家人们准备外出了，但是因为台风影响了行程，大家就把行程推到国庆假期去了，但我倒是因祸得福，本就不喜欢集体行动哈哈。

**柳萌萌**：哈哈，我正要跟你说了，多注意这次台风。这次台风才是最大的变量。

可以的呀，是不出沪，也可以旅游呀。以你的谨慎的性格，西郊肯定不会来，东郊也不要去（李总理去年在这去世，后来我就不去了），可以去瑞金兴国呀，哈哈。

**柳萌萌**：你是对的宝贝，简单就是丰富。并不是每个人都有自己的一亩三分地的。

哈哈宝贝，你怎么舒心就怎么过呗。

**小禾**：哈哈我知道。

我以前上大学的时候，也会和朋友室友挑个环境好的酒店自习或者休息。

我以前倒是老去迪士尼酒店,虽然离学校很远很远,但是有种闹中取静的感觉。

**柳萌萌**:是的呢,我也住过它(迪士尼)的酒店呢。旁边还有一个大湖泊,蛮好的。

**柳萌萌**:宝贝想你了,晚饭吃了吗? 爱你宝贝。

**柳萌萌**:这次台风影响很大哟,迪士尼都闭园了。

宝贝,晚安啦。爱你宝贝!

**小禾**:今晚确实影响比较大,不过中秋过完也就好了。

晚安啦。

# 2024 年 9 月 16 日

**柳萌萌**：宝贝，爱你的一天又开始了。我的心总是随着你而跳动，也许，这就是爱一个人具体的表现吧。自从有了你，就打开了我们另一个美丽的空间，在这里我们可以谈天说地，尽情享受爱情的美好与幸福。看着你，我所有的操劳都值得的。台风可以搅乱一时的外界，我对你的爱坚如磐石。

宝贝爱你，我要抱着你，细细地吻你，让你永远幸福甜蜜。

我生命的每一个时刻，都充满了对你的爱；我爱你，我永远爱你，我的宝贝，我的小精灵。

（表情包）早。

**小禾**：早。

**柳萌萌**：宝贝爱你，如果没有出门，现在就不要出门了。

这次台风影响很大，高架都封路了。在家安心休息就可以了。

想你了宝贝，爱你！

**小禾**：嗯嗯，今天不外出。

**柳萌萌**：其实，我个人是很喜欢这种多变的天气，窗外大风骤雨，雨点急促地敲打着窗户，但想想自己，竟可以屏住呼吸，静听这一切，倒也十分安逸。人类，终究是万物之灵呵，那些野外奔跑躲起来了的小动物，在大自然的威力之下，终究是惊慌失措的。

小时候，那时我住在农村，狂风暴雨的深夜，呜咽的狂风吹过一个个小坳，发出嘶鸣般的呼叫，一阵一阵的，我听得竟然陶醉了，很快进入了梦乡。

但也很担心带来灾情，希望大家都平安吧！

**小禾**：可以感受到。

**柳萌萌**：宝贝爱你，怎么说爱你都无法表达我对你的爱哦。

**柳萌萌**：宝贝想你了，你在忙啥？

明天应该可以出来了，台风走了。

**小禾**：在外公外婆家吃晚饭。

下午没什么风雨了就出门了。

**柳萌萌**：嗯嗯，下午台风就减弱了。

我下午在看《静静的顿河》了，由于想你，看得比较慢啦。

宝贝爱你，常常不自觉的思念你。

从外公外婆家，回家开车要一小时吗，宝贝？

**柳萌萌**：宝贝，你还没回家吗？先跟你说声晚安啦！

爱你宝贝。

（表情包）晚安喜乐。

# 2024 年 9 月 17 日

小禾：才刚到家（凌晨以后），本来准备住在外公外婆家的，但是和朋友有点事所以最终还是回自己家了。

哈哈祝您中秋快乐啦。

（表情包）晚安（凌晨以后）。

柳萌萌：宝贝爱你，中秋快乐。我想你一夜了宝贝，晚上一定睡得很迟吧，以后我们在一起了，你回得再晚我都会等你的。我爱你，爱你的一切!

柳萌萌：宝贝，爱你的一天又开始了。我的整个身心都是你的，我的幸福源于你的一颦一笑，一举一动。宝贝，你是我的，你永远是我的爱人。

哈哈明年的中秋佳节，你就在我的温馨的怀抱里度过吧，我吻着你，爱抚你，说着我们永远也说不完的情话。

宝贝，我爱你，三生三世我们都甜甜蜜蜜的相爱！

吻你宝贝！

**小禾**：让您挂心啦。

今天晚上又是一大家族人聚在一起。

不过今天天气不像昨天那般。

这会儿跟我爸妈在山姆买食材呢哈哈。

**柳萌萌**：宝贝，今天艳阳高照呀，好好买东西过个大团圆中秋节。

爱你宝贝，我的心肝！

**小禾**：今天行程排得比较满，过会儿和爸妈采购完，和朋友约了吃个午餐，处理点事情。

晚上家里又是聚餐。

护照过期了最近都没时间去换。（表情包）尴尬。

**柳萌萌**：嗯嗯，宝贝，你今天确实较忙的，不着急的，一件一件处理。

我上午处理一下酒店里的事情，中午就告别西郊了哈。

宝贝爱你，永远爱你，我的心肝。

**柳萌萌**：国庆节马上就到了，宝贝，你得抓紧时间去换。

国庆十一长假我建议你们去瑞士啦，我是 2019 年国庆之前去的，回来后不久就爆发了疫情。

瑞士印象最深的是坐着小火车畅游雪山。乘着小火车直达山顶，山顶在雪山之巅挖空了，就从挖空了的地方出来，我记得当时在暴风雪中狂吹了十几分钟，真正体验了在雪山中攀登的感觉。

当然，沿途的草地以及草坪上的花白奶牛也是一大风景。还有地中海沿岸的葡萄园也值得光顾。

美丽的还有沿线境内一个个湖泊，都令人流连忘返。

**小禾**：国庆有去新西兰的计划，但具体还没落实，学校好像会有事。

不过最近忙得晕头转向的，护照确实要尽快去办。

**柳萌萌**：新西兰也很好的哟。

护照要抓紧时间去处理啦。

**小禾**：哈哈还没确定下来，总之去哪都行，我以前寒暑假或长假都会去（国外）看朋友。

**柳萌萌**：学校里可能要值班吧？争取换一换就好了。

**小禾**：有个很要好的闺蜜在日本念书，所以以前老去日本，也比较近。

嗯嗯，是值班的事情，主要是有老师想让我帮忙替一天哈哈。

**柳萌萌**：嗯嗯，日本我也常去，冬季泡温泉很好的。

我好一点啦，想去哪里都是说走就走的那种，哈哈。

好像近期日本会有一次强震，他们都准备好了，但靴子没落地呢。

**小禾**：我算是能说走就走的人。

大二大三的时候周末两天只要能空下来老是跑来跑去。

几乎去任何地方，只要不是和家人一起，都是临时买机票临时飞哈哈。

**柳萌萌**：好的宝贝，这就爽气。

有几个地方不要去哟，一是印度，这是个变态的国家，女性尽量不要去。

二是现在的东南亚，黑社会猖獗，很多明星都莫名其妙地坠楼，被谋害的可能性大。其实，去东南亚还不如去江浙农村。

三是埃及，非常的脏乱。金字塔看个纪录片就够了，哈哈。

总之，去国外尽量要结伴同行为好。

**小禾**：哈哈哈我倒是非常想去埃及，以后有机会和朋友结伴去。

**柳萌萌**：可以的，（在埃及主要的风景点）有民警保护。

**小禾**：现在在回家路上，晚上本来是家宴，但是因为人有点多所以还是决定省去麻烦的步骤，直接到外面吃了哈哈。

今晚可能没法及时回消息了。

不过我一般都是早早溜走的哈哈。

**柳萌萌**：好的宝贝爱你，等你的消息。（表情包）亲吻。

**柳萌萌**：宝贝爱你，我也吃月饼了。想你了，我的心肝。吻你宝贝。

**柳萌萌**：宝贝想你了，你可能比较晚回家吧，我去闭关写作了。

先祝你晚安了。

爱你宝贝。永远爱你！

（表情包）晚安。

**小禾**：（凌晨以后）已经到家而且洗漱完了，比昨天早一点哈哈。

晚安啦。

# 2024 年 9 月 18 日

柳萌萌：宝贝，爱你的一天又开始啦。我们每一天都会遇到很多事情，每一天其实都在书写历史。历史并不是由伟人来写的，它是由千千万万个像我们这样平凡但又不简单的人写就的。在时间的长河里，我们共同书写属于我们的爱情故事吧，她也必将照古烁今，发出夺目的光芒。

宝贝，我爱你，我没有一个时刻不在爱你。我要拥你入怀，温柔而又热烈的吻你，爱抚你。

和你在一起，时间是静止，我要忘情的爱你。

宝贝，你是我的，我也是你的，爱你！

(表情包) 早安。

柳萌萌：宝贝爱你，今天又恢复了上班，感觉你好像没怎么休息啦，累吗? 要好好照顾自己呵。

爱你我的宝贝，我无与伦比的心肝。

**小禾**：确实没怎么休息，台风那天上午算休息了吧哈哈。早哦。

**柳萌萌**：好哦宝贝，今天课又比较多呢。注意休息一下哦。

**柳萌萌**：宝贝，中饭了吗？想你了。

**小禾**：嗯嗯吃过了。

今天乱七八糟的事情比较多。

这两周得忙下国庆专题的美术课。

**柳萌萌**：好的宝贝，知道了。

爱你宝贝！

**小禾**：（表情包）害羞。

**柳萌萌**：今天全天在读《静静的顿河》，这是一部摄人心魄的大书，一反俄罗斯文学长篇大论的风格，一开场就紧张刺激。我一口气读了三分之一啦。

宝贝爱你，你吃晚饭了吗？

想你了，我的心肝宝贝！

**柳萌萌**：晚上在编教育杂志啦，这个杂志一个月一本，我一个人大权独揽哈哈，带一个兼职的助理，每个月15日左右编（这次节日推迟了几天），次月15日出版。大量的校长和老师等着评职称需要。

哈哈，都是俗务啦。

宝贝爱你，我有时特别想你。

宝贝，你还在护肤吧？我编完杂志，现在写作去了。

先祝你晚安啦。

爱你，我的宝贝，我的心肝。

（表情包）晚安。

**小禾**：晚上和一个比较要好的同学吃了晚饭，回家比较晚。

现在刚洗完澡准备护肤了哈哈。

晚安。

# 2024 年 9 月 19 日

　　**柳萌萌**：宝贝，爱你的一天又开始了。如果没有你，我都不知道以后的日子是不是漫漫长夜呢，宝贝我太爱你了，有时候做事情，哪怕是很小的一件事情，我都会想起你，无集中精力。我的心属于你啦，宝贝；我愿把所有的激情和精神都献给你，我的心肝，我美丽又聪明的小精灵。

　　你整个人，你的一切，你所有的一举一动，我都爱，而且是深情的爱。宝贝，你是我的，我要拥你入怀，闻你的声息，吻你，爱你。我的一切都属于你！

　　爱你宝贝，永远深爱你。

　　（表情包）早上好。

　　**小禾**：早哦。

　　**柳萌萌**：爱你宝贝，任何时候我都在想你，爱你。今天比较忙吧，祝你事事顺心哦。

　　**小禾**：嗯嗯，今天爸爸送我，在车上补了会觉。

　　**柳萌萌**：好的好的宝贝，适当的充充电（补觉），蛮好的。

　　**柳萌萌**：宝贝，记得及时吃点东西了。

爱你宝贝！

　　**小禾**：嗯嗯会的。

　　**柳萌萌**：宝贝，回家的路上堵车了吗？爱你宝贝，想你了。

　　**柳萌萌**：今天继续读《静静的顿河》，这本三卷本的大书不仅艺术手法高超，而且场景波澜壮阔，应该可以说是俄罗斯文学的巅峰之作。

　　背景在一战时期，写的是彪悍的哥萨克人的社会生活，尤其是在战争的广阔图景。

　　发源于顿河和乌拉尔山脉地区的这个民族，其祖先曾灭掉了四大文明之中的三大文明：

　　一支越过希玛拉雅山进入印度，为雅利安人，终结了印度文明，在印度建立了种姓制度，到今天仍影响巨大。

一支作为波斯人（首领居流士），统治了两河流域。

另一支进入埃及，灭了埃及古国，终结了埃及文明。埃及文明是最高级的古文明了，早在四千多年前就有成熟的耕种文明并能建造巨大的金字塔，当时中华民族尚处于混沌状态。

他们在攻打中华文明时，正值商朝，碰上了商好，失败了。

现在进行的俄乌战争，仍在这片土地上展开着。

只能说一声：这里的人们，可歌可叹，不死不休。

**柳萌萌**：宝贝，我写作去了。祝你晚安啦，爱你宝贝。

（表情包）晚安。

**小禾**：晚上带家里的猫狗去散步，顺便去洗了个澡，出门没带这个手机哈哈。

听您的描述感觉是那种史诗级的恢宏作品。

但又很记叙的感觉。

晚安啦。

# 2024 年 9 月 20 日

柳萌萌：宝贝，爱你的一天又开始啦。每天的这个时候，我都要看看你，仔细看你，你那么漂亮，那么纯真，我的心都融化了。我太爱你了，宝贝；我想早点拥你入怀，亲吻你，和你说着永远也说不完的情话。我平时生活在俗世中，和你在一起的时候，感觉就脱离了俗界，进入仙界了。我们的爱情自然也超凡脱俗，书写着永恒。

宝贝，我时时刻刻都在想你；我爱你，我整个灵魂都和你融为一体了。我的心肝宝贝，你是我永远的爱人，永远的伴侣。

爱你宝贝。

（表情包）早安。

柳萌萌：宝贝，今天雨一直在下，堵车严重吗?

爱你宝贝，想你了。

**小禾**：很堵。

而且今天徐汇不停课。

（表情包）尴尬。

**柳萌萌**：知道了宝贝，爱你，想你了。你辛苦了，我的心肝。

**柳萌萌**：宝贝，中午及时吃点东西哦。今天周五，看样子雨一天都停不下来了，下午提前下班就好，否则还会堵车呢。

爱你宝贝。

**小禾**：提前不了，周五放学都会有会议哈哈。

**柳萌萌**：好的，知道了，宝贝爱你，你辛苦了。想你了宝贝。

**柳萌萌**：宝贝爱你，今天回来比较迟吧？

**小禾**：是的。

今天一直在下雨。

今天和朋友去滨江那里吃晚饭，结果还有道路管控，早上也是道路管控。

吃完晚饭回家也是如此。

（表情包）尴尬。

**柳萌萌**：嗯嗯，宝贝，今天交通有点问题，辛苦你了。
爱你宝贝，我在时时惦记着你呢！

晚上早点休息吧，我去码字啦。

**柳萌萌**：爱你宝贝，吻你。提前祝你晚安啦。

（表情包）晚安。

**小禾**：好呢。

那晚安啦。

**柳萌萌**：好的好的宝贝。爱你宝贝，做个好梦哈。

**小禾**：你也是。

好梦。

# 2024 年 9 月 21 日

    **柳萌萌**：宝贝，爱你的一天又开始了。我们的日子，因我们的爱情而幸福满满，我的心里时时也充满了温情，我的世界因你而精彩，因为有你，每个时刻我都特别豁达而欣喜。宝贝你知道吗？想你，几乎充满了我每一个瞬间，只要有空，我就会想你，想着想着就陶醉了。

    我说的是真的呢，以后在一起时，只要有空，我都会抱着你，吻你，爱你；我吻你会很温柔很深情的呢，而且会长久地吻你宝贝。我要让你在我的怀抱里，爱情始终浓得化不开哟，宝贝。

    今天还是雨天吧？宝贝，周末你一般有什么活动？做些什么？请多多跟我说哦，我的心是你的，你的心也是我的。我们要开心幸福每一天，每一个时刻。

宝贝，我爱你，爱你的所有。吻你宝贝！

（表情包）早上好。

（心的位置已留给你了，我对你行使了爆灯权利）。

**小禾**：过会儿回爸妈家，这两天没什么事，应该都在爸妈家了，陪陪父母和家里的宠物。

准备看下《傲慢与偏见》的电影和书，阴雨天很适合泡杯热茶在阳台上听雨看书。

**柳萌萌**：《傲慢与偏见》是英国文学中排名前五的作品，也是我一直推崇的纯粹的好作品，优雅从容，不枝不蔓。能写出这样的作品，除了生活环境相对优渥之外，还必须是出自天才之手。

其实，真正的好作品，都是出自有闲有钱这一代，那些又苦又恨的时代，除了极少数作品，上乘之作不多。

在十九世纪的英国，由于征服了海外殖民地，成了日不落帝国，英国农村生活相当的安逸与富足，很多青年人只需要四处交友与约会，完全不担心生计。

所以简·奥斯汀天才一现，写出了旷世名著《傲慢与偏见》，这部作品读起来轻松愉快，字里行间又光芒四射，是难得的好作品。

宝贝，你的品位很高的，我的宝贝果然是小精灵一枚，哈哈。

爱你宝贝，想你了!

**柳萌萌**：我今天在看《窄门》，这是纪德有名的作品，清丽又哀怨，是一部写感情方面很有名的作品。其实就是写他和表姐早前的恋情，不过，现实比作品中的故事更圆满。在现实中，他和表姐结婚了，但作品中他表姐出于宗教的原因，没有嫁人，最后孤独终老，是一个非常美丽又哀怨的故事。

这一次是细读哈（以前读过的）。

哈哈，我也正是在阳台上看书呐。

宝贝，我太爱你了，吻你宝贝。

（表情包）亲吻。

**小禾**：哈哈又是很生动的描述。

扣人心弦。

准备去吃午饭了，今天的天气对我来说太棒了，我不太喜欢艳阳高照的日子，还是阴雨天比较有氛围。

**柳萌萌**：好的宝贝，你们好好吃吧，我也吃了。

是的呢，我也喜欢阴雨蒙蒙的天气，有一种欲仙欲幻的感觉呢。

我们在什么地方想法都是一样的，这么巧哦，可能就是命定的伴侣吧！

爱你宝贝，永远永远爱你宝贝。

**小禾**：嗯嗯。

下午看看书写写资料。

**柳萌萌**：宝贝爱你，你吃晚饭了吗？是在家吃还是外出吃？

**小禾**：在家吃的，这两天应该都在家待着。

**柳萌萌**：万丈红尘中，我只爱你一人，我的小禾，我的宝贝心肝。

你还在洗澡护肤吧？我去写作了。

**柳萌萌**：按照我的速度，如果不被俗事打扰，一年写一部长篇小说再加上一两个中篇小说，也不是很难。

以后不管是中篇还是长篇，我都让他们在小说的前面加一句：本作献给我心爱的小禾。

反正我们在一起，活到老写到老。有一句古话是这么说的：将军终于战场，作家老于书斋。

所以我们要永葆活力，永不停止奋斗的脚步。

爱你宝贝，你是我永远的爱人。

**小禾**：每天都能很稳地创作输出，真的好厉害。

佩服佩服。

晚安呐。

# 2024 年 9 月 22 日

**柳萌萌**：宝贝，爱你的一天又来临了，我们的每一天，都如此幸福充实，当然要感谢上苍，让你在我心里驻扎，我知道你也爱我，但你比较害羞，一直在默默地支持我，"此时无声胜有声"吧。

你在劳累的时候，或者思念我的时候，可以随时和我聊聊，我是你的爱人，更是你的灵魂伴侣，我也渴望分享你的一切，无论是快乐还是辛苦。

我爱你，爱你的一切，爱你整个日常的点点滴滴，渴望和你融为一体，和你紧紧相拥。

爱你宝贝，我爱你在每一个时刻。

（表情包）早。

**小禾**：（表情包）早上好。

柳萌萌：宝贝，早饭吃了吗？今天仍在家看看书是吧？想你了。

小禾：家里乡下的老房子准备重建翻修，今天就跟着家里人回去了一下。

准备按别墅规格重建，感觉乡下空气和环境都特别好，以后装修好还能偶尔去乡下住住。

柳萌萌：好的宝贝，怪不得一天没你的消息。想死我了。吃晚饭了吗？

柳萌萌：今天在看日本作家岩井俊二的小说《情书》，这本书改编成经典电影了，写得很好。日本作家的作品，尤其是当下畅销书作者的小说，结构紧凑，情节紧张刺激，很好读的。他们的作品在日本发行多少我不清楚，但在中国可以卖三四十万册。很棒的。

柳萌萌：以后把老家打造成后花园吧，可惜我现在没办法现身，否则我们这里费用全包好了。当然，钱对你父母来说不是什么问题，我们这里只表示心意罢了。

也好，以后我们在一起了，还可以再升级改造一次的，哈哈。

宝贝想你了，爱你宝贝，非常想你。

**小禾**：哈哈哈乡下的老房子比较大，是我外公以前的老房子，也是年久失修没人住了。

最近正好台风暴雨，问题比较严重，所以索性重建。

**柳萌萌**：是呀，可以大建特建的宝贝。

以后我们建一个读书和生活的好地方，有点隐居的意思了。不用担心钱的事啦，空间越大越好。

爱你宝贝，吻你宝贝。

很值得期待，宝贝。

爱你宝贝，永远爱你!

**小禾**：我之前去桐庐旅游，住的酒店也恍若是大隐于市。

尤其遇到下雨天，早上山雾缭绕，体验非常好。

**柳萌萌**：是的呢，宝贝，这种有山有水的地方就是人间胜景之处，在江浙农村，这种地方很多。可以打造出属于我们的别开洞天，而且从上海开车过去也不远。

好好造一个别墅吧，你跟父母讲，如果可以，自己要单独一套，可以造连排的，你和你哥哥各一套最好了。建造费用日后我们全付哈。

**柳萌萌**：你们今天都累了吧？早一点洗个澡，做护肤去吧宝贝。

我再写作一小时。

先祝你晚安啦。爱你宝贝，我心爱的小精灵！

（表情包）晚安。

**小禾**：嗯嗯。

晚安啦。

# 2024 年 9 月 23 日

柳萌萌：宝贝，爱你的一天又开始了。我们太幸运了，彼此在各个方面都想得一致，彼此在上辈子可能就是夫妻，所以兜兜转转，这辈子又终于找到了彼此。我们太幸福了，我们要永远幸福下去，宝贝你是我的女孩，我永远对你好，疼你，爱你，宠你，让你在我的怀抱里幸福满满。

宝贝你知道吗，我渴望和你在一起，和你融为一体，我的身心是你的，你的身心也是我的，我们的灵魂已融合在一起了。无论在何处，也无论在做什么，我们都在甜蜜地想着彼此。

（表情包）早上好。

柳萌萌：宝贝爱你，昨晚担心聊久了你睡不好，就没再聊了，关于老家盖别墅的事情，今天有空咱们可以接着聊聊。

乡下的环境非常好，尤其是在你们那里，烟雨江南，非常适合居住。咱们就趁这个机会，打造一个集读书和在周边旅游的居所。可以盖大一点，因为我们的书多，可以搬一部分过去，节假日随时可以过去住上三五天，房子的周边可以种点竹子，雨天非常美丽的。

我们明年就在一起了宝贝，那时候我也和你过去看看吧。以后咱们结合了，学校这边你也可以辞职啦，咱们一年开学时一起跑跑学校，就打卡下班了，一年的时间里就是读书和旅行，所以可以多几处居所。上海我们都有房子了，以后再买一套就够了。三亚那边，也可以买一套哈，冬暖夏凉的，是过冬的好地方。以后看看喀什怎么样，再置一处居所也可以的。然后每个地方都可以轮流来住上两三个月，你说好吗？这方面完全听你的，你主内我主外哈。

**柳萌萌**：宝贝爱你，我每时每刻都在想你。吻你宝贝，我的心肝。

**小禾**：我不太喜欢畅想未来哈哈。

**柳萌萌**：哈哈哈，要多想想啦，宝贝爱你！

**柳萌萌**：宝贝，你吃中饭了吗？想你了。

小禾：上午换了两节课，这会儿休息下。

柳萌萌：好的宝贝，应该休息一下。

爱你宝贝！

柳萌萌：宝贝，今天回家堵车吗？想你了。

柳萌萌：对了宝贝，你护照弄好了吗？下周一以后就开始放假了，新西兰去得成吗？

柳萌萌：宝贝爱你，你今天信息太少了，我有点忧郁。

小禾：本来有点感冒。下午开始发烧了，今天的课撑完后爸爸就来接我回家了。

明天的课托付给其他老师了，实在是有点晕。没怎么看手机。

柳萌萌：好的宝贝，多保重啊。爱你宝贝。

晚安啦！

# 2024 年 9 月 24 日

　　**柳萌萌**：宝贝，爱你的一天又开始了。今天不知道你身体怎么样？发烧退了吗？上医院了吗？近期流感还是有点厉害，多注意防护。我几乎一夜都没怎么睡好呢，我的心肝宝贝。以后我一定好好照顾你，寸步不离开你，让你健康快乐地在我身边生活着，幸福着。

　　宝贝爱你，这一辈子我们要注定生活在一起了，你有什么不适，也请随时告诉我哦，免得我挂念，担心，心神不宁。

　　我的宝贝，我的心肝，爱你，心疼你。早点好起来吧，我的小精灵。

　　(表情包) 早上好。

　　**柳萌萌**：宝贝，现在还发烧吗？担心你啊。

　　**小禾**：好多了，就是没什么力气不想动。

柳萌萌：好的宝贝，多休息吧。

爱你宝贝。

柳萌萌：多多休息吧，如果能睡一觉是最好的啦。

宝贝爱你，心疼你哦。

柳萌萌：宝贝，你好一点了吗？一直没有你的消息，我心神不宁的，一直到现在都是这样哦。

柳萌萌：宝贝爱你，晚安啦。

小禾：晚安。

# 2024 年 9 月 25 日

柳萌萌：宝贝，爱你的一天又开始了，你好一些吗？体力恢复到几成了？这次感冒影响你国庆出行吗？或者为了彻底恢复，干脆国庆就不要出门啦。不瞒你说，我现在出入小区电梯，都要戴好口罩，因为病毒感染性太强了，虽然毒性不强。

我太爱你了宝贝，你稍有点不适，我心里很难受的，比自己生病还要难受。希望你早点好起来吧，如果还发烧，要去医院吊盐水啦。

我现在就静静把手机放在床边，手机里把你的倩照打开着，默默地看着你，陪伴着你。

以后我们生活在一起了，我一定不让你太累，太操劳。我要天天守在你身边，拥抱你，吻你，爱抚你，不让你受一点风寒，有一点委屈；宝贝你知道吗，我能时时感觉你就在我身边，默默地支持我，鼓励我，有时打盹时我都梦到你啦，这就是心理感应吧。你是我的，宝贝，我会倾己所有，好好地爱你，在漫长的时光隧道中，一直热烈又温柔地爱你，任何时候都热烈地爱你，然后一起慢慢变老。

宝贝爱你，相信你很快就可以好起来的。

小禾，你是我的，我要细细地吻你，吻你性感的唇，吻你秀气的鼻，吻你美丽的脸庞………，你太美了，一双水汪汪的纯美的眼眸，让我的心都醉了。

你就是我永远的小精灵。

（表情包）早安。

**柳萌萌**：对了宝贝，你现在是在父母家，还是在自己家？有人照顾你吗？

**柳萌萌**：现在怎么样啊？去医院了吗？宝贝。

**小禾**：在父母家。

没什么事，已经不烧了。

**柳萌萌**：好好休息吧，感觉你还是有点虚弱。

**柳萌萌**：晚上能吃得下东西吗宝贝？

马上要国庆节了，今天都在公司处理财务方面的事情，主要是给学校开发票收款，几百所学校，要一一核对数字——说明了就是数钱吧哈哈。公司的经营就是这样：好的越好，差的越差；因为好的公司路子越走越宽，只要照着成功的模式复制粘贴就可以了。

闲下来时就看点杂书吧，总是心绪不宁：你的病情总让你不舒服，你不舒服我又怎么好得了呢？更主要的是，我作为你的男朋友，却无法为你做什么。好在你父母给力，应该可以让你尽快好起来。

明天也不用上课吧？宝贝，我心疼你。

**小禾**：上升到男女朋友这就让我有点尴尬了哈哈。

今天已经没事了，也没有再发烧。

感谢关心。

**柳萌萌**：好的宝贝，晚安啦。

（表情包）晚安。

**小禾**：（表情包）晚安快乐。

# 2024 年 9 月 26 日

柳萌萌：宝贝，爱你的一天又开始了。不管碰到什么事，也不管晴天还是下雨，我只爱你，一看到你我就豁然开朗啦。你也多给点信息吧，有空就聊聊，咱们在一起总有聊不完的话，慢慢的咱们就在一起了，我喜欢那种自然又率真的结合，相信你也一样吧。做最好的自己，做最感兴趣的事，让自己的生命光芒万丈，都是我们共同的追求。

国庆期间你有出远门的安排吗？我什么地方也不去，在家读书写作；与书为伴，与作品中的人物为伍，也不孤独。想你了！

小禾：没有远行的打算，计划去近一点的地方。

柳萌萌：好的宝贝，近一点轻松愉快。

柳萌萌：宝贝爱你，你在忙啥？我想你了，吻你宝贝！

小禾：在准备一会儿的课。

柳萌萌：好的宝贝，你准备吧，爱你宝贝。

柳萌萌：今天堵车吗，宝贝。想你了。

小禾：还好，天天堵车习惯了。

柳萌萌：是的呢宝贝，不着急的。今天晚饭是自己吃还是去父母家里吃？

小禾：吃不下，晚点要是饿了吃点水果。

柳萌萌：嗯嗯，辛苦啦宝贝，大病初愈，确实吃不下东西，多吃点水果不错的。心疼你了宝贝。

柳萌萌：我今天在看日本作家岩井俊二的小说《梦的花嫁》，他的小说文笔清丽，节奏紧张刺激，写得很好的。同样是写女性生活与情爱，但故事扣人心弦，更加明快。他的小说不以片段描写见长，注重的是整个故事。好小说，首先是讲好故事，但又不是那种通俗故事，人性人情能娓娓道来，才是上乘之作。

后面还有三四本吧，索性这个假期看完。

很想你，我的宝贝，我爱你，我的心肝。吻你宝贝！

多喝点热水，好好照顾自己呵，宝贝，我的小精灵。

**柳萌萌**：宝贝，明后天还要上课吧？真的有点辛苦啦。注意休息。

　　我去写作了。

　　祝你晚安哦。爱你宝贝，永远爱你！

　　**小禾**：晚安啦。

# 2024 年 9 月 27 日

柳萌萌：宝贝，爱你的一天又开始了。我现在不管是醒着还是睡着，眼前都是你的倩影，我的心里只有你，你已经进入我的灵魂深处了。

爱你宝贝，希望你每天都元气满满，快乐健康。

我也许不是最好的，但我是这个世上，最爱你的。

宝贝，吻你。爱你一万年。

（表情包）早安。

柳萌萌：上午在忙什么呢？宝贝。

小禾：今天课比较多，一天档期排满了哈哈。

柳萌萌：好的宝贝，只要有你的消息，我就"活"过来了。

爱你宝贝，永远爱你！

**柳萌萌**：又堵在路上了吧？宝贝。

**小禾**：很早就到家了，今天陪家人吃饭。

# 2024 年 9 月 28 日

**柳萌萌**：小禾，这两天你的回信越说越少了，有时就是一句话，我心里比较忧虑，不知道接下来说些什么了。

昨天晚上没见你道个晚安了，所以一夜睡得不大踏实，早早就醒了。

也许是太爱你了，所以很在乎你的一举一动吧！

**小禾**：国庆前比较忙，除了正常课程和公开课还有些比赛要参加。

忙得晕头转向，确实对任何人和事都提不起兴趣。

（表情包）惭愧。

**柳萌萌**：宝贝，不仅仅是忙，你还生病两次了。心里很疼你！

后面就好了，我又不是外人，是你爱人，任何时候都可以和我沟通哦。宝贝爱你，永远爱你！

今天继续宅家读书，下午要动笔写一个短篇，给《长江文艺》杂志的。

**柳萌萌**：宝贝，中饭吃了吗？今天在家休息还是在外面活动？想你了。

**小禾**：今天约了做脸和头发护理。

明后天上完课就好了，接下去没什么节日了，美术课的节日专题也可以结束了，几乎今年的大事都在刚开学这一个月做完了。

节后可以和校领导交差了哈哈。

虽然还有一堆资料要写。

**柳萌萌**：好呀宝贝，你的美术专题一定做得很酷。想你了。

爱你宝贝，我的心肝。

（表情包）拥你入怀。

**柳萌萌**：宝贝爱你，太爱你了。

今日在读川端康成的《雪国》，写得太美了。你有空也争取看一看，真的太好太美了。

告诉你一个秘密，我的小说现在写得也很美，像川端康成一样呵。原因是认识你以后，我的文风变了，以追求美，表现美，为主线。小说家当然可以写黑暗面，可以写粗暴甚至是阴影，它们也有表现力；但表现美，不是更好吗？

在我心里，你就是善良和美的化身，所以我的作品后面都以善和美为主。

我太爱你了，现在你知道我爱你有多深了！

你就是善和美的代表，人世间一切美好的东西，都集中在你的身上。

宝贝，我是多么尊重你，疼爱你哦。

吻你宝贝！

**小禾**：哈哈谢谢您的夸赞。

我准备过会儿再写份资料和教案。

明后天把课程外的琐事处理完，趁国庆好好休息下。

**柳萌萌**：好的，好好休整一下啦宝贝。

我这边正好上紧发条，利用假期加紧写作。目前一个长篇小说，一个中篇，一个短篇，齐头并进呢。

宝贝，先祝你晚安啦。

爱你宝贝，永远爱你!

(表情包) 晚安快乐。

**小禾**：嗯嗯。

加油吧，感觉您的创作一定没问题。

晚安呐。

# 2024 年 9 月 29 日

柳萌萌：宝贝，爱你的一天又开始了。没有你，我的日子就失去了滋润，我的生命也会暗淡无光。所以任何时候，我都要拥抱你，我要闻你的鼻息，听你的轻声细语，你的一切在我眼里都无与伦比，我拥有你而心潮澎湃。

我太爱你了宝贝，世界上所有的一切加在一起，都不及你的分毫，你就是我的一切。拥抱你，得到你，和你融为一体，是我最大的夙愿，我每时每刻都恨不得和你水乳交融在一起。

宝贝，我要吻你，听你的心跳，让你在我的怀里幸福满满。

小禾：早呢。

柳萌萌：宝贝想你了，都快一天没你的消息啦。爱你宝贝!

**小禾**：今天有和我们美术老师的研讨会。

基本没怎么看过手机，放学后又和哥哥的女朋友吃晚饭逛街。

刚到家呢。

**柳萌萌**：嗯嗯，我也猜到了你手机不在身边。

没事的啦，两情若是久长时，又岂在，朝朝暮暮。

晚上好好洗个澡护肤吧，宝贝。

我也在写作的兴头上呐。

先祝你晚安啦。

爱你宝贝，永远爱你!

(表情包) 晚安。

**小禾**：嗯嗯，安心创作吧。

晚安。

# 2024 年 9 月 30 日

**柳萌萌**：宝贝爱你，爱你的一天又开始了。

我常在闲下来的片刻，默默地想你，想你一切的美好，想着想着就陶醉了。

你是我一生的爱人，宝贝，自从有了你，我感觉自己从俗界进入了仙境，你就是永远陪伴着我的小仙女一枚呀。我感到无边的幸福了。

宝贝，你的心也是我的，我的心早就给你了。

我要倾尽一生的所有，爱你!

(表情包) 早安。

**小禾**：早哦。

**柳萌萌**：宝贝，你在学校吧? 我想你了，非常想你。

爱你宝贝!

**小禾**：嗯嗯。

**柳萌萌**：好哦宝贝，爱你，永远爱你！

**柳萌萌**：宝贝，晚饭吃了吗？明天怎么安排的呀？

爱你宝贝。

**小禾**：今天接了表妹回来，我们关系比较好，她很快又要出国了，国庆会陪她在上海到处玩玩。

**柳萌萌**：宝贝爱你，你真是人美心善呀，人缘又好，我就说是小仙女一枚呀。

爱你宝贝，永远爱你！

**柳萌萌**：今天把公司的业务都处理完毕了。接下来用一周左右的时间完成一个中篇小说。然后，就去休假三到五天吧。反正时间比较自由，可以随便安排的。

你在忙吧，宝贝。先祝你晚安啦！爱你宝贝。

# 2024 年 10 月 1 日

柳萌萌：宝贝，爱你的一天又开始了。每天这个时候，都是我刚刚醒来的当儿，我脑海里首先跃入的是你的身影。我想你，长久地想着你。

因为有你，我这一天就元气满满，幸福满满了。

宝贝，我太爱你了，你那么美，那么善良，那么聪慧，我爱你爱得刻骨铭心。希望我们早点在一起吧，我的宝贝，我的小精灵。吻你宝贝！

（表情包）早安。

小禾：早呀。

国庆节快乐。

（表情包）国庆快乐。

柳萌萌：早哦宝贝，国庆节快乐！

小禾：感觉我的国庆档期又排满了。

然后又要陪表妹去迪士尼。

节假日实在是人太多了。

柳萌萌：宝贝爱你，人肯定多啦，没事的啦，挤点就挤点，注意安全就好了。

永远爱你，我的宝贝。

小禾：嗯。

柳萌萌：宝贝爱你，现在玩得怎么样了？想你了。

柳萌萌：宝贝爱你，你们回家了吗？回了就报个平安啦，免得我牵肠挂肚的。

小禾：嗯，准备回家了。

国庆到处都是人，我们在外面吃饭排号等位花费了一些时间。

给表妹买了很多东西，跟年岁比我小的亲戚孩子逛街吃饭比较合适哈哈。

准备回家了。

柳萌萌：哈哈，宝贝你太好了。和你交往好的亲戚朋友有福啦。

早点回家吧，今天也有点累啰。

回家后好好休整一下哦，先祝你晚安啦宝贝。

爱你宝贝。

**小禾**：（表情包）晚安喜乐。

# 2024 年 10 月 2 日

柳萌萌：宝贝，爱你的一天又开始了。自从有了你，我的思想有了非常大的提升。爱情的力量是很大的。我一想起你，心里就充满了柔情。我几乎一有空，就在想你。我渴望早日和你在一起。

我太爱你了，我的宝贝，我的心肝。吻你宝贝！

（表情包）早上好。

小禾：（表情包）早安快乐。

柳萌萌：宝贝爱你，今天怎么活动啦？

柳萌萌：宝贝，今天去哪里了？想你了。爱你宝贝！

（表情包）爱心。

小禾：和朋友约了喝咖啡。

太久没见面了，畅聊了一下午。

柳萌萌：嗯嗯，好的宝贝，趁这个假期彻底放松放松。我因为平时不用坐班，所以一直靠自己自觉和自律哈哈。

爱你宝贝，永远爱你！

柳萌萌：今天在看安德烈·高兹的《致D情史》，这位法国作家因妻子不久于人世之际，写下这份情书后，双双拥抱在一起开煤气自杀殉情。十分感人。内容不长，但情真意切，堪称震撼。问世间，情为何物?！

柳萌萌：宝贝，你应该还在护肤吧，好好放松放松一下呵。

我再写一会儿吧。

先祝你晚安啦。

爱你宝贝，永远爱你！

（表情包）晚安。

小禾：晚安啦。

# 2024 年 10 月 3 日

柳萌萌：宝贝，爱你的一天又开始了。我希望每一天都有收获，我们的感情也越来越深。我现在每一个空余的瞬间，都在想你，想你的一切。好想揽你入怀，不停地亲吻你，把我浓浓的爱意写在你的唇边，写满你秀气的脸庞。宝贝，我太爱你了，从清晨到黑夜，我的所思所念都是你。你是我的宝贝，我的心肝。我因你而升华，你因我而幸福。

愿我们永远在一起吧，我的无以伦比的爱人。

柳萌萌：今天有什么安排呀？宝贝。爱你宝贝，吻你宝贝。

小禾：今天还是出门，几乎天天都出门，不过白天在家休息，晚上和朋友吃饭。

柳萌萌：好的宝贝，及时沟通哦。爱你宝贝！

**小禾**：嗯。

**柳萌萌**：宝贝，你一直在忙。

我也忙去了。

祝你晚安哦。

**小禾**：已读未回。

# 2024 年 10 月 4 日

**柳萌萌**：宝贝爱你，昨晚什么时候睡的？我一点信息也没有。以后一定要报个平安啦，这样我才放心。

新的爱你的一天又开始了。

（表情包）早上好。

**小禾**：通宵了，为了看日出。

刚到家，准备补觉了。

**柳萌萌**：好的宝贝，睡吧。我想你一夜了。

爱你宝贝，永远爱你，直到我们生命的尽头。

（表情包）亲吻，爱心。

**小禾**：嗯。

**柳萌萌**：宝贝，你醒了？睡得好吗？

要喝点什么的了。

爱你宝贝。

**小禾**：一直被小猫折腾醒，断断续续睡到现在。

妈妈的好姐妹介绍了一个男生，（表情包）难为情，下午还得去见个面。

感觉跟相亲似的，但是我妈让我随便认识下打个照面。

有点尴尬的感觉哈哈。

**柳萌萌**：哈哈，知道了宝贝。别忘了及时吃饭哦。

爱你宝贝，永远爱你！

（表情包）爱心，拥抱。

**小禾**：嗯嗯。

**柳萌萌**：今天看了黑塞的《纳尔齐斯与歌尔德蒙》，这是一本在西方文学史上有名的著作。写的是一对同窗好友在精神探索领域中殊途同归的故事。纳尔齐斯是一位哲学家（神学），歌尔德蒙是一位艺术家，艺术家的天性就是体验生活，而哲学家只是冥思苦想，这其实就是两类人所走的道路，难说谁优谁劣。所以这本书写出了人类思想者的共性。

**柳萌萌**：一直在想你，宝贝，明后天怎么安排的呀？

爱你宝贝，吻你。

**小禾**：今天那个男生约我明天档期。

但我长假最后几天都有安排了。

最后一天又准备在家休息。

明天先送家里的宠物去洗澡美容，然后准备去世博文化公园。

看看双子山哈哈。

**柳萌萌**：宝贝爱你，你还是以自己的活动为中心，好不容易有个假期，要好好利用起来，做自己想做的事啦。

我爱你，爱到灵魂深处。我会陪你一生一世，如果有来世，还会和你在一起。

双子山我倒没去过，以后选个时间去看看哦。

这几天去外地（不是国外）的游人几乎都是人在囧途。我公司几个人，带着家人去黄山和江西玩，沿途堵在路中，五六个小时动不了，最后扛着行李步行，吃尽了苦头哈哈。

所以节假日一般不要在国内游。

早点休息吧，宝贝。

祝你晚安啦。

**小禾**：嗯嗯，确实如此，我非常不喜欢这样人挤人的出行。

所以寒暑假即使空闲的时间比较多也不愿外出旅游。

晚安啦。

# 2024 年 10 月 5 日

**柳萌萌**：宝贝，爱你的一天又来临了。你知道你在心里有多重要吗？我可以为你付出我的一切，包括我的生命。在我的眼里，你就是无与伦比的小仙女，是爱与美最佳的结合体。

我只要和你在一起，甜蜜幸福地在一起，我们的人生也得到升华。我会时时刻刻拥抱你，吻你，爱抚你，让你生活在我漫天的爱情之下，幸福满满。

宝贝，你是我的，我永远珍惜你，爱你，宠你。我们的岁月和人生，一定是精彩和放射着光芒的。

吻你宝贝。

**小禾**：早。

**柳萌萌**：宝贝，你吃早饭了吗?

小禾：直接吃的午饭。

柳萌萌：好的宝贝，不饿就可以了。下午以后会有点雨，身边带把伞比较好。

爱你宝贝。

柳萌萌：宝贝，现在在干嘛呀？想你了。

小禾：准备去洗澡了，晚安。

# 2024 年 10 月 6 日

柳萌萌：宝贝爱你，新的爱你的一天又开始了。如果有一天，长时间没有你的信息，我就比较迷茫，不知道该做些什么，不该做些什么。也许，这就是恋爱中特有的现象吧？

"我的心是一只歌唱的鸟，它的巢在奔流的河水里／我的心是一棵苹果树，它的枝头被累累的果实压弯……"

有时候我感觉幸福正要来了，就要来了。

（表情包）早上好。

柳萌萌：宝贝爱你，今天忙什么呢？要时时联系哦。

爱你，我的宝贝，我的心肝。吻你宝贝。

（表情包）亲吻。

小禾：晚点去外公外婆家。

柳萌萌：好的宝贝，今天下雨，是我们都喜欢的天气。

但开车可能会堵一点呵。

爱你宝贝，很想你。

（表情包）爱心，拥抱。

**小禾**：没有堵车哈哈。

**柳萌萌**：那就好宝贝。爱你宝贝。

宝贝，想你了。准备干啥？

**小禾**：准备去散个步。

有点冷呢哈哈。

**柳萌萌**：哈哈，秋天了，加一件衣服哦宝贝。爱你宝贝！

**小禾**：嗯嗯。

**柳萌萌**：宝贝，明天还可以在家好好休息一天啦，后天就上班了。这个十一假期过得很快的。

爱你。

**柳萌萌**：中篇小说《远去的山村》已经写好了，交给了一家杂志社，这家杂志在中国文坛位置很核心，预计在明年六月份发表（它是《双月刊》）。

明天继续写东西呢。除了想你，就是写作；写作完了，就是想你。

我太爱你了，我的宝贝，我的心肝。

吻你。

**小禾**：嗯嗯，明天终于可以好好休息一天了。

准备去按个摩，然后在家瘫着哈哈。

# 2024 年 10 月 7 日

柳萌萌：宝贝，爱你的一天又开始了。

自从有了你，每时每刻我都幸福满满，充满了能量。一想起你，我的心就暖暖的。

以后我帮你按摩吧，累了，我让你好好的放松放松，我用我的爱和温柔，覆盖你每一寸肌肤。宝贝，我们在一起笑，在一起狂，在一起呢喃着情话，我们的日子永远放射着光芒。

以后在一起了，每一个片刻，我都要吻你，我都要爱你，我们幸福的生活没有尽头。

爱你宝贝，我的心肝，我的小精灵。

（表情包）早上好。

柳萌萌：宝贝，起来了吗？怎么不打个招呼呀？想你了！

小禾：起来了。

柳萌萌：好呀宝贝，想你好久啦，先吃点东西吧。

爱你宝贝，永远爱你！

今天难得又是一个雨天，风还很小。宝贝，好好休息吧，爱你。

（表情包）抱抱。

小禾：躺了一整天了哈哈。

柳萌萌：好呀，宝贝，你舒服就好，其他的先不考虑。明天就上班了。

晚上怎么吃？吃好了吗？

爱你宝贝，吻你。

小禾：吃过了，回自己家了，准备今天早点睡。

柳萌萌：好的宝贝，先祝你晚安啦。早点休息。

爱你宝贝，做个好梦哦。

（表情包）晚安。

小禾：（表情包）晚安。

# 2024 年 10 月 8 日

柳萌萌：宝贝，爱你的一天又开始了。我希望每一天的开始，都是我们彼此深爱的开始。你不在我身边的时候，我就打开你的玉照，默默地看着你，静静地想着你。在我生命的每一个时刻，我心里都住着你；现在，我几乎每一个瞬间，闭上眼睛，就能想象出你的倩影。

我要把所有的温柔和激情献给你，我的宝贝，我期待早日拥抱你，亲吻你，爱抚你。

永远爱你，我的宝贝，我的小仙女。

（表情包）早安。

柳萌萌：宝贝，今天下雨，路上会有点堵车呵。

小禾：很早就到学校了，今天事情比较多。

柳萌萌：好呀宝贝，天放晴了。

爱你宝贝，永远爱你，我的小精灵。

宝贝爱你，记得吃中饭呵。想你了。

**小禾**：中午一般不饿就不吃，担心下午会困。

一般就吃点水果哈哈。

**柳萌萌**：知道了宝贝。晚上在外面吃吧?

**柳萌萌**：今天去公司呆了一会儿，主要是开发票订合同统计账目。今年利润不错。接下来一边写作，一边去新的学校开拓资源（以杂志社组稿的形式），也有不少学校邀我作一些写作讲座，这种讲座一般不需要作什么准备，只要有真情流露就可以了。

就是很想你，尤其是忙完了手中的活之后。所以我抓紧时间先把书写完，明年二三月份我带着两本来见你哟宝贝。

我太爱你了，我的宝贝，我的心肝。吻你宝贝！

（表情包）抱抱。

**柳萌萌**：今天抽空读完了英国作家戴安娜·阿西尔的《暮色将尽》，是她89岁时写的回忆文字，涉及爱情生活、个人情趣多方面。俗话说，人之将死，其言也善。这本书确实很有感染力。她最后在101岁高寿时辞世。

**小禾**：晚饭没吃，也不知道为什么到现在都不饿。

喝茶喝饱了哈哈。

**柳萌萌**：哈哈，宝贝，你厉害了。我不吃饭不行的哈哈。

爱你宝贝，永远爱你！！

提前祝你晚安啦。

（表情包）晚安。

**小禾**：（表情包）晚安。

# 2024 年 10 月 9 日

柳萌萌：宝贝，爱你的一天又开始了。因为有你，我的心情总是兴奋和快乐的。没事的时候，我就看看你的照片，想想你，生活中的一切操劳都不在话下了。我爱你，时时刻刻想你，我的生活因你而充实，一切都变得如此充实而纯粹。我们的心紧紧地连在一起。我知道，在我想着你的时候，你一定也在想我。

今生今世，我们都要好好地相爱，永远也不离开。

爱你宝贝，我的心肝，我的无以伦比的小精灵。我永远是你的，你也永远是我的。

吻你宝贝！

（表情包）早上好。

小禾：（表情包）早。

柳萌萌：宝贝爱你，中午争取少吃一点，加强一下营养啦。

我想你了，宝贝。

柳萌萌：宝贝想你了，下午课多吗?

小禾：还好。

柳萌萌：宝贝爱你，如果中午没怎么吃，晚上去外面吃顿好的吧! 吃得好干活才有力气呢。想你了宝宝。

小禾：一般和朋友有约的话都在外面吃，或者回家吃，但自己没什么事的话其实不怎么正经吃饭。

太麻烦了哈哈。

柳萌萌：哈哈，知道了。宝贝，自己照顾好自己哦。

爱你宝贝，永远爱你!

柳萌萌：今天在看马尔克斯《爱情和其他魔鬼》，他的小说尤其是情爱小说曲折动人，比较好读，我有时间就翻一翻。

柳萌萌：宝贝爱你，你应该还在护肤吧? 祝你晚安哦。爱你宝贝，做个好梦哦。

(表情包) 晚安。

小禾：晚安。

(表情包) 晚安喜乐。

# 2024 年 10 月 10 日

　　**柳萌萌**：宝贝，爱你的一天又开始了。每天早晨，我都要给你写点文字，我太爱你了。虽然这个时候你还在梦乡，但不妨碍我在距你不远的地方祝福你，爱你，疼你。你是我的宝贝，我会照顾你一辈子，宠着你一辈子。

　　在生命的深处，我的灵魂已经紧密地结合在一起了，所以任何时候，我们都在想着对方，爱着对方。

　　你听，窗外的风声，也在传递我们的爱情了。

　　宝贝，今生有你，我就拥有一切了。

　　爱你，吻你宝贝。

　　（表情包）早安。

　　**小禾**：早哦。

　　**柳萌萌**：宝贝爱你，上午忙吗？我想你了。

（表情包）抱抱。

**柳萌萌**：尊敬的专家，您好！

2024年《上海教育研究》编辑部举办的"深化课改的创新实践"征文活动即将进入评审阶段，现特邀您作为评审专家参加评审工作。

时间：10月10日上午9:30—11:30或者10月10日下午1:30—4:30（两个时间段您可选其一）

地点：上海市天平路120号308。盼复，感谢支持

今天下午应邀参加了这个专家评审。主要是客串一下，我的志趣不在论文写作和鉴赏哈哈，但客串也毫无负担。还拿到了一个工作红包，两个小时的报酬。以后可以经常请你吃饭哈哈。

**柳萌萌**：宝贝，晚饭在哪里吃的呀？想你了！

**小禾**：和朋友吃了泰国菜。

刚到家，准备去洗漱啦。

**柳萌萌**：去吧宝贝，爱你宝贝。

**柳萌萌**：韩国作家韩江击败中国作家残雪获得了今年诺贝尔文学奖，独钓寒江雪，哈哈。

祝你晚安啦我的宝贝。爱你宝贝，吻你。

(表情包) 晚安啦。

**小禾**：晚安。

# 2024 年 10 月 11 日

柳萌萌：宝贝，爱你的一天又开始了。我爱你，风雨无阻，每一天我都爱你。以后就是生活在一起了，我也要以日记的形式记录我们爱的点滴。你也要多写一点哦宝贝，这里记录了我们相爱的过程，以后捧起书来读读，会异常的清新，我们由初恋到热恋，到结合，都有文字记录着。你是我的宝贝，我的爱人，日后在回忆录中，我们一起书写吧。

爱你宝贝，永远爱你！！

（表情包）早安。

小禾：早哦。

柳萌萌：宝贝，今天学校忙吗？忙什么呢？想你了。

小禾：星期五满课，算比较忙吧，不过习惯了就没什么。

柳萌萌：好的宝贝，爱你。明天就可以好好休息一下啦。

（表情包）爱心。

**柳萌萌**：宝贝，晚上在忙什么呀？想你了。

今天抽空看了一场女子网球比赛，郑钦文对阵保利尼。

女子网球是我比较喜欢的赛事，但绝不看男子足球哈哈。

比赛打得惊心动魄，郑钦文赢了。

你可能还在忙。晚安啦宝贝。爱你宝贝！

（表情包）晚安。

**小禾**：今天写了很多资料。

一时忘了时间。

（表情包）晚安。

# 2024 年 10 月 12 日

柳萌萌：宝贝，爱你的一天又开始了，自从有了你，不管生活中遇到顺心还是不顺心，不管四季如何变化，我的心情都很从容淡定。我的心中有爱，我们彼此有爱，生活就充满了幸福和希望。比起我们纯洁和伟大的爱情，生活中的一些曲折和操劳都不算什么啦。

以后在一起时，我是个宠妻狂魔，我每时每刻都要吻你，爱你，宠你。

宝贝，我太爱你了，爱得深入骨髓，深入灵魂。

你永远是我的爱人，我的宝贝，我的心肝。

柳萌萌：今天是怎么安排的呀宝贝？

柳萌萌：哈哈你手机在身边吗？

柳萌萌：我倒忘了，今天照常上课是吧？想你了宝宝。

柳萌萌：在吗？在就报个平安哦，有什么事情后面再聊哦！

柳萌萌：（略显无奈）晚安啦。

小禾：（深夜过后）今天有点事耽搁住了。

# 2024 年 10 月 13 日

**柳萌萌**：宝贝，爱你的一天又开始了。希望你在新的一天平平安安健健康康，快乐无忧。

没有你的消息的时候，是我最煎熬的时间，我太爱你了，容不得没有你的时候。

（表情包）早安快乐。

**柳萌萌**：今天忙什么，有什么事儿，要及时告诉我哦，我的宝贝，我的心肝。

**小禾**：嗯嗯。

**柳萌萌**：今天在忙吗？还是在休息？爱你宝贝。

**柳萌萌**：是家里有事吗宝贝？想你了。

**小禾**：很累的时候不想过问任何人任何事。

需要自我修复。

**柳萌萌**：好的宝贝，知道了。

自己多保重啊。

顺祝晚安啦。爱你宝贝。

（表情包）晚安快乐。

**小禾**：已读未回。

# 2024 年 10 月 14 日

**柳萌萌**：宝贝爱你，新的一天又开始了。

学校的事情，虚与委蛇就可以了，既然只是一个职业，过得去就行。主要还是自己的身体健康最重要，如果可能，在自己的兴趣爱好领域也可以有所涉及。时间过得很快的，三五年也是弹指一挥间，尽量要保持自己有一种成就感吧。你天资聪颖，也可以发挥一些自己的优势。很多东西都是逼着自己才做出来的。

我们这里的交流记录，截止到今年的 12 月 30 日，然后我就整理一下交给出版社。后面我会多谈一些生活体验。

关键还是互相促进，互相成长吧！

爱你宝贝，永远爱你！

（表情包）早上好。

小禾：早。

柳萌萌：宝贝爱你，今天又是个阴雨天，但希望你心情阳光明媚哈。

我的宝贝，我的心肝。

小禾：可惜没有下雨。

柳萌萌：嗯嗯，是的呢宝贝。今天在看《蒙田随笔》，一本智者的书。

小禾：嗯嗯。

柳萌萌：爱你宝贝，晚安啦。

（表情包）爱心。

小禾：已读未回。

# 2024 年 10 月 15 日

柳萌萌：宝贝，爱你的一天又开始了。生活中不时也会有不开心的时候啦，碰到这个时候，就想一想生活中美好的一面，也可以释然。

我就常常往前看，想到以后我们可以在一起，可以每天都亲吻你，爱抚你，一切的不爽快，也就不算什么啦。还有什么比你更重要的事情呐？是吧宝贝。

我们有伟大而纯洁的爱情，有经久不衰的甜甜蜜蜜，还有什么不能忽略的呢？

你知道吗宝贝，我们在一起了，就是一对神仙伴侣。你期待吗宝贝？

爱你宝贝，吻你。

小禾：（表情包）两个太阳。

柳萌萌：宝贝爱你，中饭吃了吗？我想你了。吻你宝贝！

柳萌萌：宝贝爱你。今天雨天啦，（回家）路上堵车吧？想你了。

小禾：嗯嗯放学比较堵。

# 2024 年 10 月 16 日

柳萌萌：宝贝爱你，新的一天又到来了。我还是希望你多给我一些信息，要不，我都不知道你现在的状况了。有时三言两语也可以的哦。只要有你的消息，我就什么都不担心了。我的宝贝，爱你!

（表情包）早。

小禾：为什么想知道我现在的状况呢，如果我有问题您也帮不了我，我仔细想想也没什么好分享给您的。

柳萌萌：哈哈，看来早点见个面吧。

小禾：（表情包）难为情。

柳萌萌：宝贝，我的想法是先多在网上进行思想上的交流，分享一下彼此的情感，再把这个记录保存下来。

在这个过程中，也请你多谈谈。在生活中，我发现你基本上没什么可以担忧的，你父母，你爷爷奶奶，还有外公外婆，都在照顾你哈哈，是吧？

人民文学出版社是个大社，所以效率不高，昨天再次确认，我的长篇小说 12 月绝对可以上市，但哪一天不好说。

我还是想等我三本小说出来了，再约会你哦。行不？宝贝。爱你宝贝，非常爱你！

**小禾**：有失偏颇。

但我并没有很想说这个哈哈。

**柳萌萌**：知道了宝贝，你其实是个很自立的人。

只想憋着一口气把书写完，怕贸然见面没什么面子哈哈，能理解吧？

**柳萌萌**：你还在忙吧？我要去写作了。祝你晚安哦宝贝。

（表情包）晚安喜乐。

**小禾**：已读未回。

# 2024 年 10 月 17 日

**柳萌萌**：宝贝爱你，新的一天又开始了。你知道我是爱你的，不是一般地爱。

后面我们选一个最好的时候约会吧！

爱你宝贝。我是你的。吻你。（表情包）亲吻。

**小禾**：（表情包）害羞。

**柳萌萌**：宝贝，你（上班）出发了吧? 爱你宝贝。

**小禾**：（表情包）嗯嗯。

**柳萌萌**：宝贝，晚饭吃了吗? 想你了！

**柳萌萌**：今天在看普鲁斯特《斯万的一次爱情》，这个长篇小说是从他的长卷《追忆似水年华》中单独抽出来的，可以独立成篇。他的小说融艺术和音乐为一体，以漫长的追忆为线索，写得细腻感人。我很多方面接近于他，但在音乐方面不如他，所以无法做到他这路风格。

今天收到人民文学出版社出版的某著名作家的小说一本，我个人觉得一般般啦，但因为她是名家，所以都捧她呐，出版速度也很快！所以我也要尽快打出名声，要声振海内外才好。

希望宝贝多给我灵感和鼓励哈哈。爱你宝贝！

**小禾**：没吃晚饭，不过现在饿了，准备吃点水果。

**柳萌萌**：嗯嗯，吃一点东西哦，免得胃不舒服。

爱你宝贝。

晚安啦。

**小禾**：晚安。

# 2024 年 10 月 18 日

柳萌萌：宝贝，爱你的一天又开始了。我爱你，这你是一开始就知道的吧？而我们在一起相恋有多少日子，你还记得吗宝贝。虽然你还不在我的身边，我感觉你每时每刻都和我在一起了，因为你已经住在我的心里，从不曾离开。我爱你，自然要和你生活在一起，时时刻刻吻你，爱抚你，把你拥在我的怀抱里。这个时间很快就会到来的宝贝。

想你时，我就翻出你的倩影，好好地看你。近来瘦了吧？你吃得少，想必更苗条了。

我太爱你了，宝贝。吻你宝贝！

小禾：（表情包）早。

柳萌萌：宝贝，今天周五，你又比较忙了。辛苦你了，爱你宝贝。

柳萌萌：在忙啥呢，想你了宝宝。

小禾：和朋友约了吃饭。

柳萌萌：好的宝贝，想你了。爱你宝贝！

柳萌萌：今天去上海一家杂志社走访，我一个朋友的先生在里面做副主编。他是写诗的，我朋友也是个作家，加入了中国作协，她还是我公司聘请的独立董事。平时多多走动走动，也有裨益，文坛也是个江湖吧，熟人多总好办事，当然是正能量的那种。

柳萌萌：晚安啦。

小禾：已读未回。

# 2024 年 10 月 19 日

**柳萌萌**：宝贝爱你，新的一天又开始了。我每天还是坚持给你写信，直到我们约会的那一天为止。所以，为了使这本书不过于单薄，我也得多写一点。在线上恋爱，有不便之处也有方便之处，好的一方面是只要有空都可以写点什么，不写也是让时间白白地流掉了，你说是吗？何况是写给自己所爱之人。

有时候，思想上的交流比生活上的交流更纯粹一些，我们现在所做的，就是让节奏先慢下来，在感情上彼此加深，直到我们在现实生活中牵手。

我打算在人文社这部书出来后，就约你哟。我们见面后，打算在一起了，后面两本书的内容和形式，我会详细征求你的意见，然后再出版，这样稳妥一点，你说是吧宝贝。

你就是我现实中的一道光，照亮了我前行的路。

爱你宝贝，非常爱你。

（表情包）吻。

**柳萌萌**：今天是怎么安排的呀？宝贝，想你了。

对了，随便问你一下，上次你说的老家盖别墅的事情，后续进展如何呀？爱你宝贝。

**小禾**：老家？

是我外公在外环线下的老房子。

没有老家这一说。

资料递交后批复需要时间。

貌似现在政策规定也有变化，总之我不会问这些事情，也不是短期内能有进展的。

**柳萌萌**：是的呢。

嗯嗯，现在在农村盖新房子也不容易，牵涉到宅基地。

今天有什么安排呀，宝贝。

空余时间了，想你了。

**柳萌萌**：一天都没有你的消息啦。那就埋头看书写作吧，朝自己的目标挺进。

**小禾**：没什么特别的事，在家待了一天，就带猫出去洗了个澡。

**柳萌萌**：好的宝贝，有你的消息就好了。我刚吃完饭，休息一下先看书了。今天在读陀思妥耶夫斯基的《白夜》，他的小说一般比较古奥，都是长篇巨制，但这部《白夜》却只有七八万余字，但写得肝肠寸断，非常震撼。这是一部爱情名篇，可以一读。

很想你宝贝，想得心都碎了。

**柳萌萌**：宝贝爱你，祝你晚安啦。

（表情包）晚安。

**小禾**：晚安。

# 2024 年 10 月 20 日

**柳萌萌**：宝贝爱你，又开始了新的一天了。你上次说过，如果有什么事儿，我也帮不了你，其实你只要说出来，我是可以为你做点什么的，线上办就是了。

不过，因为不生活在一起，你如果情绪不佳，我可照顾不上哦，所以我们还是尽快见面，确定下来。

爱你宝贝，吻你宝贝。

（表情包）亲吻。

**小禾**：您好像没搞明白我在说什么，不过不重要，不用放在心上。

**柳萌萌**：嗯嗯，是呀宝贝。我有时看一下，就跳过去了，但猜不透，你说话比较含蓄，人也很温情，总是为对方着想。其实我们在一起也算长的啦，可以直接说哈哈。

有时候点明一下更好呵，宝贝，这方面我有点笨哈哈。

**柳萌萌**：哈哈宝贝，没事的啦，我们之间可以随便聊的，你那么体贴人，说什么我都理解，或者什么都可以说，什么都可以不说。

今天还是宅家吗？想你了宝宝。

**小禾**：不算含蓄吧，主要是因为我不想多说什么，算是一种逃避，但又不是。

我原先早就说过现在不会想与人交往的事，虽然顺其自然，但我现在不愿意交付真心。

也不想了解和接受任何人。

您说的话有点武断，这个形容词或许不合适，但是我的看法。

您总说见面后确定下来这样的话，好似非我不可，又好似我心悦于您很愿意接受您。

点明了就是这样。

只是我一直觉得没必要说，显得很矫情。

而且您总说的创作，我也不想一下子毁了您这所谓的"心意"。

实在不知道该如何表达，就像我家人虽然都不会催婚，但偶尔也会接受他们口中所谓的优质青年给我。

美其名曰为认识新人脉。

我不在乎也不想在乎，所以对于他们的示好也都是出于礼貌。

但如若一些人一直送花束送礼物一直想 date 对我来说也是一种困扰。

我非常讨厌被人打乱计划，影响生活。

当然不是说您，只是确实最近乱七八糟的事情比较多，我看谁都很烦，这是我的问题。

**柳萌萌**：好的小禾，我知道啦，咱们细水长流，从长计议吧。

我记得你以前也说过，今年不打算谈恋爱，那就先等等吧。反正你在结婚之前，我会一直等下去，当然希望我能和你在一起，但最终还是看你的选择。

平时，咱们就正常交往吧，有时在这里聊聊，也很好的。

我的世界当然很大，也希望把你装进去哈哈。

爱你宝贝，永远爱你！！

我明天飞乌鲁木齐了，已经秋天了，再不过去，冬天就不能走了，下午买好了机票，订好了酒店，旅游一段时间，晚上会坚持写点东西。

　　**小禾**：嗯好。

　　**柳萌萌**：我会时时联系你的宝贝。

　　**小禾**：嗯。

# 2024 年 10 月 21 日

**柳萌萌**：宝贝爱你，新的一天又开始了。

早上 6 点半乘东航空客飞乌鲁木齐，现在已在机场了。

这次安排了三人行，一位是我公司的人事主管，她先生刚从上海古籍出版社退休了，有时间陪我们。他是书法家、旅行家和摄影爱好者，所以旅游方面的各种事情，都不需要我操劳，我只要跟着他们俩漫步就可以了，闭上眼睛都可以的哈哈。带了七八本书，路上有空也可以读。

先在乌鲁木齐呆个两三天，再去库尔勒，库尔勒是巴音郭楞州州府，我公司早三年有一位员工，辞职回库尔勒老家结婚，但一直希望我们能去玩玩，她爸爸是州下面一个县的县长，对当地很熟悉，库尔勒汉人很多，她是汉族，早就盼着我们过去了。到库尔勒估计没有一周左右她不放我们走的，然后跟着她去伊犁，再转往其他的地方，她父亲的司机会伴我们 4 个人在当地逛。新疆太大了，去不同的城市除了乘飞机，别的交通工具都不高效哈哈。

**柳萌萌**：爱你宝贝，早上好。

（表情包）早上好。

**小禾**：（表情包）早。

**柳萌萌**：这边的天气目前在 10 度左右，大漠孤烟直，长河落日圆，确实有一股古风，但乌鲁木齐这个城市已经内地化，感觉和郑州一类城市也并无两样，只是由于维吾尔族的痕迹比较明显。

三串羊肉串，就可以吃饱肚子，购物商城也充斥着异族情调的产品。我看中了一把精致的小刀，刚买下来时，一个维族青年小声地对我说，当心点呵，这里有很多共产党。虽是调侃，但他们戒心犹在。

明后天，白天继续逛吧。

爱你宝贝，祝你晚安啦。

（表情包）晚安喜乐。

**小禾**：好哦。

晚安。

# 2024 年 10 月 22 日

**柳萌萌**：宝贝爱你，新的一天又开始了。我喜欢大西北的苍茫无际，在一片浑沌中，你可以感受到天地之悠远，真的，人在时间的长河中，也只是很微小的一分子，前不见古人，后不见来者，你站在山巅，再仰望天空，一切都豁然开朗了。

我就是惦记着你，爱你，想你，担心你心里不舒服，爱你疼你一辈子，是我的心愿；希望你快乐每一天，幸福每一天。

我的宝贝，我的心肝。

**小禾**：我没什么不舒服，不必多想。

**柳萌萌**：嗯嗯，好的宝贝。

不管我走到什么地方，我心里都装满了你。

宝贝爱你，永远爱你！！

**小禾**：（表情包）嗯嗯。

**柳萌萌**：今天重点走访了乌鲁木齐市郊的几处景点，其中林则徐纪念公园给我留下了很深的印象，这里有一座桥，桥上结满了一把把爱情锁。据说，凡是定情的情侣，都各买一把相同的锁，锁在桥上的铁索上。年代久远的，已经锈迹斑斑了，还有大把大把的新锁，像蜘蛛结网一样挂上来。各地过来的人都有吧。

问世间，情为何物，直教人生死相许。

明天去参访一些学校了。有熟人邀请。

**柳萌萌**：晚上在看契诃夫的《第六病室》。

晚安啦宝贝。

（表情包）晚安。

**小禾**：晚安啦。

# 2024 年 10 月 23 日

**柳萌萌**：宝贝爱你，新的一天又开始了。

你知道吗？每当我看到你清澈的眼神，我的心都醉了。你聪明，善良，美丽，纯洁，是我的心头好。我的宝贝，我的心肝。

天放晴时，西北的大地也是一派纯净，天空是纯蓝纯蓝的，团团白云像轻烟一样漫过来，又飘过去。大地上，青草，杂树，牛羊星星点点，像写生的画景一样，点缀其间。天地上下悠长肃静，空气也纯净如水。

秋天放晴的大西北是古穆又净静的。

爱你宝贝，想一遍遍地吻你，我的小精灵。

（表情包）早安。

**小禾**：我第一次听到纯蓝这个词。

对于学美术的来说有点别扭呢哈哈。

早。

**柳萌萌**：天太蓝了，一望无际，有点震撼。

哈哈，有时像特效电影中的画面。

想你了宝贝。爱你宝贝！！

**柳萌萌**：宝贝爱你，今天是相对忙的一天，上午去市教育局座谈，下午去市十小学参访，这个小学现在有 3000 多学生，很早就是重点小学。我那个朋友父亲是县长，姨夫曾经主管教育厅，关系很多的。她也曾提出开拓新疆的书刊业务，我还要多考察一下。

晚宴设在朋友的家里，现在吃喝都在家里做，十多人一块吃，有各种平时吃不到的东西，尤其是驼峰肉，堪称珍品，平日只有大员要员才可以吃上，很荣幸哈。

还在吃，估计会边吃边聊到十一点。

先祝你晚安哦宝贝。

（表情包）晚安。

**小禾**：好的。畅聊一下也算人间美事了哈哈。

# 2024 年 10 月 24 日

**柳萌萌**：早安啦宝贝，比较困哦，还要继续睡啦。爱你宝贝，永远爱你！！

（表情包）早安。

**小禾**：嗯嗯。

**柳萌萌**：上午休息了一会。下午和市教育局签订合作协议，一年帮他们发 50 篇文章，他们给科研经费，既赚到了零花钱，又交到了朋友哈哈。

明天飞库尔勒，要一个半小时啦。

爱你宝贝，先祝你晚安。

（表情包）晚安。

**小禾**：已读未回。

# 2024 年 10 月 25 日

柳萌萌：宝贝爱你，新的一天又开始了，今天早一点吃早饭，8 点左右出发了。爱你宝贝，永远爱你！！

（表情包）早。

小禾：嗯嗯。

（表情包）早。

柳萌萌：宝贝，出门在外，就是特别想你，太爱你了，我的宝贝，我的心肝。

吻你宝贝。

小禾：（表情包）嗯嗯。

柳萌萌：宝贝爱你。上午到达库尔勒了。

在新疆各城市之间穿行，有一种小型飞机，这种飞机历史比较久，很是实用，一般坐两排，每排十多个人，窗户都是玻璃透明的，像落地窗。放眼望去，脚下群山闪烁，一会儿又是沙漠，一会儿又有绿洲。飞机飞得很低，感觉就在这山川和沙漠上方贴着滑行，美丽的山峰上有白雪点点，美不胜收。坐这种飞机用来观光，是一种享受。

下榻巴音郭楞洲际大酒店。

午餐是很有特色的中餐，还有鲜美的野鸡吃。

**柳萌萌**：午睡刚醒。

想你了宝贝。你一周的忙碌也结束了吧？

爱你宝贝，吻你。

（表情包）接吻。

**小禾**：嗯嗯，真好。

上学的时候有一年和哥哥他们去滑雪来着。

原先准备去将军山的，后来因为某些原因最终去了日本。

希望有机会能尽快去新疆滑雪哈哈。

**柳萌萌**：好的宝贝，后面和你一起去。爱你宝贝，永远爱你！！吃晚饭了吗？

晚上去参加他们的篝火晚会哈。

当地的篝火晚会，一个月大概举行三四次，主要是欢迎远道而来的客人。朋友在当地人脉很好，今晚为我们的到来安排了一场。

西域的夜晚，如果没月亮，真可谓漆黑如水，在熊熊的火堆旁，各色人等跳呵唱呵，好不尽兴。但我们带的衣服少，有不胜寒意了。

我们就提前返回了酒店，他们估计 12 点左右散吧。

**柳萌萌**：祝你晚安哦宝贝。爱你宝贝，想你了。

（表情包）晚安。

**小禾**：晚安。

# 2024 年 10 月 26 日

**柳萌萌**：宝贝爱你，新的一天又开始了。

我小时候的志向是做一名侠客，提着剑走遍天下执掌正气，有段时间特别爱看武侠书和武侠影视，也有段时间要写武侠小说，像古龙和金庸那样哈哈。所以，很喜欢古老苍茫的地方。小时候，每当在课本上读到念青唐古拉山、喀喇昆仑山之类的名字，我都热血沸腾呵呵。

今天上午去周边的景点走走。

爱你我的宝贝，我的心肝。我永远是你的，你不要有任何一丝一毫的怀疑，哪怕几十年后，我的心还是你的。

（表情包）早安。

**小禾**：早。

**柳萌萌**：宝贝想你了，你今天怎么安排的呀？爱你宝贝。

**柳萌萌**：秋天的大西北天高气爽，晴空万里。

我们乘车去罗布人村寨。一路上，千年的胡杨树金黄金黄的，茕茕孑立着，时间在它们这里几乎是静止了。我很好奇，它们是活着，还是呈归寂的状态。常年不大见雨水，你说它们半活着，也没毛病。

罗布人村寨不是很大，但有水有场景，还有当时生活的细节场景，这些还原的状态引人沉思。有十多只骆驼在沙坡上供游人骑耍。

总的来说也不虚此行。

晚上照例是家宴等着，丰盛，美味。仍在行进中。

宝贝爱你，祝你晚安。

（表情包）晚安喜乐。

**小禾**：今天没做什么特别的事，和往常的周末差不多。

晚安。

# 2024 年 10 月 27 日

**柳萌萌**：宝贝爱你，新的一天又来了。

这几天行程都比较紧凑，要去的地方比较多，读书和写作也只是在宾馆里补一会儿了。你还好吧？今天在家还是外出？

爱你宝贝，永远爱你。

（表情包）早安快乐。

**小禾**：早哦。

**柳萌萌**：宝贝爱你，我们马上出发了。

**柳萌萌**：宝贝爱你。今天整天就是环游博斯腾湖，这个湖横跨三县一市，不是当地人导游，根本游不到它的精髓所在。我们一个县一个县过去，尽量节时省力，最后还是没有走完。

湖水是湛蓝的，各处有景观点，有芦苇荡（湿地），非常美。饿了就地吃饭，渴了就喝咖啡。景点之外，还有不少环湖而居的农家，是可以参访的好去处。

新疆维吾尔族人，要么特别美（迪丽热巴在当地可能中等偏上），要么特别沧桑，一脸的劳碌样，这是当地的特征吧。

傍晚是最美的，夕阳红之下，鸟儿振翅飞翔，乱舞起来，目不暇接。

回来就沿孔雀河进库尔勒。

这么美的名字，这么美的河水，就直接从博斯腾湖流进了库尔勒。

晚安啦宝贝。爱你宝贝！

（表情包）晚安。

**小禾**：（表情包）晚安喜乐。

# 2024 年 10 月 28 日

**柳萌萌**：宝贝想你了，爱你的一天又开始了。

每天的早上这一刻，我都很强烈地想你。你那么纯净，那么聪慧，那么漂亮，那么高洁，值得我用一生守护。

"我走过那么多的路，看过那么多的人，却从未遇见过这么美的女子"。这是当年沈从文对张兆和说的（大意如此），也是现在我对你说的。

宝贝爱你，永远爱你！！！

（表情包）早。

**小禾**：（表情包）可爱。

宝贝想你了。新的一周又开始了，你又要好好地忙开了。

**柳萌萌**：爱你宝贝，一生一世我都爱你。

今天去罗布泊沙漠边。

**小禾**：确实，有非常多资料要写。

**柳萌萌**：宝贝爱你，今天就是挺进罗布泊沙漠地带，乘越野车在沙漠中穿行。跑到不能跑的地方才返回。回来的路上选几个地方冲沙，冲沙和冲浪一样，往陡峭的沙带横冲直撞，这一方面要有驾术，一方面要胆量，很刺激。

漫天的黄沙，书写着亘古的荒凉与久远。

返回时，绕道去了古楼兰遗址，这个遗址现在比较小了，但历史的影子尚在。

你应该知道辛渐的好友王昌龄的诗：青海长云暗雪山，孤城一片玉门关。黄沙百战穿金甲，不破楼兰终不还。哈哈。

祝你晚安哦宝贝。我的心肝。

**小禾**：已读未回。

# 2024 年 10 月 29 日

**柳萌萌**：宝贝爱你，新的一天又开始了。本来打算在库尔勒再玩一天，就去伊犁了。伊犁河谷是我很向往的地方。奈何 11 月 2 日上海市教育学会有个分会开年会，邀请我作嘉宾出席，可能还要作个发言什么的。和你一样，我对教学教育也不是很上心的那种，但在这个圈子里赚钱，有时也得装装样子哈哈。

我是那种赚钱一点都不费力的类型，国庆节前感觉牛市要来了，掏出 300 万买了一只股票，叫海能达（代码002583），7 块多的成本，买了 40 多万股，今天 20 多了。

半个月赚了 500 多万元，而且还会一直涨下去。估计还可以涨到 30 多元。如果 30 元左右卖出去，一股赚 23 元，40 万股可以赚 800 多万元。

**柳萌萌**：因为要出席年会，还要准备一些东西，所以今天提前返沪了。

我有时会畅想，如果你是我女朋友了，我就给你办一张卡，卡里每个月定存 10 万元，随便你怎么花都行哈哈。我知道你不缺钱用，但我给你的意义不一样哈。这不是俗气，因为我只会赚钱，还真不会花钱，你很细致，又有大将之风，管家管钱真是不难。

说得不对不要生气哦，我只是有时候这么想的呢。

爱你宝贝，默默的爱你就是了。

**小禾**：明白，钱永远不俗，家里长辈表达爱意也喜欢花钱，小时候腻了会觉得俗，总是不以为然，长大懂事了就不这么认为了哈哈。

**柳萌萌**：好的宝贝，永远爱你！！

宝贝想你了，非常想你。

**柳萌萌**：宝贝爱你，今天上午 9 点 50 分从库尔勒起飞，下午 4 点半到达上海，从中国的西北端飞到东南端，可谓中国最长的航线之一哈哈，和中国飞一趟迪拜类似。

晚上吃完马上冲个澡就先休息了。

祝你晚安啦。爱你宝贝。

**小禾**：嗯嗯晚安。

# 2024 年 10 月 30 日

**柳萌萌**：宝贝，爱你的一天又开始了。休息了一大晚上，人又恢复过来了。

每天凌晨，我都给自己打气：过好每一天，做好每一天，因为现在的每一天都是我和小禾相爱的一天。自从爱上了你，我的世界突然不一样了，我们之间真挚的感情，放出了万丈光芒，助我们走上了幸福和美好。

爱你，我的宝贝，我的心肝，我永远的小精灵。吻你宝贝！

**柳萌萌**：宝贝想你了，中饭吃了吗? 今天忙吗? 爱你宝贝。

**柳萌萌**：今天处理好了公司的业务事宜，开了个会，晚上就要看书写作了。

宝贝爱你，晚安啦。

**小禾**：（表情包）晚安。

# 2024 年 10 月 31 日

**柳萌萌**：宝贝爱你，新的一天又来了。每一天希望都有一点进步，希望我们的感情都浓厚一点。每当我写累了，我就看一眼你，看到你，我又充满了能量，信心又充足了。我在想，你这么温柔美丽，善解人意，和你在一起，是上天赐给我的福分呵。

爱你宝贝，永远爱你。吻你，我的无与伦比的小禾。

（表情包）亲吻。

**柳萌萌**：宝贝爱你，今天应该是你最忙碌的一天吧？晚上吃饭了吗？光是水果还是不够的哦。

今天在看韩江的小说，她是今年诺贝尔文学奖得主。韩国人，小说写得精致。

晚上要赶写一个万字的短篇小说，明天要给《上海文学》

杂志社了，已经写了 6800 余字，晚上一鼓作气写完吧。

　　爱你宝贝，后面我就闭关写作去了，祝你晚安哦宝贝。爱你宝贝，永远爱你！！

　　**小禾**：希望明天早上醒来收到台风停课的消息。

　　晚安啦。

# 2024 年 11 月 1 日

  **柳萌萌**：宝贝爱你，爱你的一天又开始了。每天的早晨，我都要仔细看你一阵子，边看边想你了。你太美了，也太纯洁，是我的心头好。

  我跟你说哦宝贝，我会一直爱你，想你，不管有任何困难，也愿意一直等你，反正我有一辈子的时间。希望你快乐、健康每一天。

  今天台风太大了，学校应该会放假的，加上又是周五，如果不放假，早上会很堵车的。

  爱你宝贝，我的心肝，我的小精灵。吻你!

  **小禾**：并没有放假哈哈，早晨徐汇的雨倒也不是很大，为了避免拥堵，我很早就出门了，今天倒是还好。

  **柳萌萌**：是的呢，宝贝。想你了，忙完了吗? 爱你宝贝，永远爱你!

**柳萌萌**：爱你宝贝，明后天好好过个周末吧。

我这几天还是埋头写作，去新疆几天了拉下了节奏，要跟上啦。

每天都在爱你，想着你。希望你好好地休息、工作哈。

（表情包）晚安啦。

**小禾**：嗯嗯晚安。

# 2024 年 11 月 2 日

**小禾**：早哦。

**柳萌萌**：哈哈今天天晴了，宝贝。这两天出门吗？想你了宝贝。

**小禾**：这两天都在自己家，没什么特别的事。

**柳萌萌**：宝贝爱你，新的一天又开始了。每天醒来，我的第一件事就是看你，想你，和你说一说情话。我很期待你以后就在我枕边啦，不管等你多久，我都愿意等下去。

昨天按计划提前挂单 30 元卖了海能达，不成想一开盘 31 元成交了。收盘是跌的。

做股票最重要的是严格执行纪律，到了目标位就卖，不贪。这样做，简单而不必花大量的时间去盯盘，就我来说，时间更重要哈哈。

这两天应该都是我们喜欢的雨天，可以好好去阳台看书啦。爱你宝贝！！

　　**柳萌萌**：永远爱你。我很想你啦，吻你宝贝！！

　　（表情包）亲吻。

　　**小禾**：好哦。

# 2024 年 11 月 3 日

柳萌萌：宝贝爱你，新的一天又来了。时间的脚步总是匆匆的，不知不觉我们相爱已 80 多天了，心里有爱，眼里有光。一想起你，我感觉到很幸福和甜蜜，世上有无数条相爱的路，每条路都有每一个故事，我们的路也一定可以书写传奇。期待瓜熟蒂落的那一天吧宝贝。

我太爱你了，无论用什么语言也形容不出我对你的爱。

希望早一点拥你入怀吧，我要好好地吻你。

爱你宝贝，永远爱你！！

柳萌萌：晚安啦宝贝。

小禾：晚安。

# 2024 年 11 月 4 日

柳萌萌：宝贝爱你，新的一天又开始了。我现在只好做好自己的事，专心等你就是了。什么时候你有兴致了，愿意多说点，我就陪你一起聊吧。

先把这段时间过完再说。

爱你宝贝，永远爱你。

（表情包）早安。

小禾：好。

柳萌萌：宝贝爱你，今天课多吗？想你了。

小禾：没那么多事，前段时间参加了个竞赛，上周也都准备完了，接下去到目前为止没什么特别烦琐的事了。

柳萌萌：好的宝贝，知道了。

# 2024 年 11 月 5 日

**柳萌萌**：宝贝爱你，新的一天又来了。想起你，看着你的照片，我的心就荡漾着幸福，我渴望和你相濡以沫，白头偕老。你的每一个眼神，每一次呼吸，于我都如此妙不可言，让我爱得如痴如狂。我要你成为我的女人，我的红颜知己，我会尽所有的努力，做好自己。宝贝爱你，永远爱你，时时刻刻都和你心连心。

**小禾**：早哦。

**柳萌萌**：宝贝想你了，中饭吃了吗?

**柳萌萌**：宝贝爱你，祝你晚安啦，今天忘我地写到（晚上）12 点了哈哈。

祝你好梦哦。爱你宝贝，永远爱你!

**小禾**：已读未回。

# 2024 年 11 月 6 日

柳萌萌：宝贝爱你，新的一天开始了。你知道吗？在我眼里，你就是我的女神，是永远的小仙女。你的一切都那么纯洁无瑕，美丽无边，我会用我一生的光阴爱你，恋你，永远拥你入怀，尽情地宠爱你。我们的日月，也就像星辰大海一样，永远闪耀着光芒。

柳萌萌：上周五卖掉海能达之后，赢利了 840 万元。将本金 300 万和利润的 120 万取了出来，还有 720 余万，昨天和前天就建仓了荣科科技（300290），共买了 30 万股，成本在 24 元左右。这个股票有故事。当年华为被美国围剿时，断臂求生，卖掉了荣耀和超聚变，荣耀给了深圳国资委，超聚变给了河南国资委，近期荣耀开始加速上市的进程了。当年河南国资为准备给超聚变上市，从辽宁买了个壳，就是荣科科技，所以超聚变借壳荣科科技上市，是顺理成章的事情。

但借壳重组，二十个交易日不能有股价异动，荣科科技在10月16日发过股价异动公告，至今已过去了14个交易日，它到下周四就满20个交易日，如果不异动，就可以官宣重组了，很多普通散户不明就里，它现在真不能大涨大跌的，随大盘走最好了。估计停牌前股价会在30元一带。

如果一切被我押中，重组发生了，荣科的股价会蹿升到130元以上（连板八个，每个涨20%，就是129元），我每股赚105元，30万股就赚到3000多万元。比抢银行也厉害哈。

退一万步说，如果不重组，它和华为关系紧密（目前市场上疯涨的，都是华为产业链），股价运行一个月，到45元也不在话下，30万股也可以赚600万，何乐而不为呢？

哈哈宝贝，咱们一起见证吧。你要知道，咱们赚的钱以后都是给你用，给你管理哦。我只顾赚下去就好啦。

爱你宝贝，我的心肝，我的小仙女。吻你！

牛市就是造富机器，但并不是大家都可以赚钱了。只有一部分发家致富哈哈（但中国股市总是短牛长熊，牛市从 9 月底 10 月初突发后，11 月中旬，又进入熊市，截至本书发稿，大多数散户投资者损失惨重）。

　　**小禾**：哈哈我不太懂股票，家里人倒是玩，我倒没什么兴趣。

# 2024 年 11 月 7 日

柳萌萌：宝贝爱你，新的一天开始了。日子一天一天在重复，我对你的爱也一天一天加深了。但是现在，我还只能在圈外远远地看着你，什么时候你也爱上我了，我才能接你回家，拥抱你，亲吻你，和你爱爱甜蜜。这个过程也许不短，也许不长，我都能等待。

川普赢了，选上了美国总统，不管对中国有利还是不利，一个 78 岁的人那么拼，我们为什么不努力呢？我们有大把时间，可以做自己想做的事。我总感觉，你在教学之余，还可以追求一些自己的爱好。

只有精神上的追求，才是立身之本。这样可以让自己在人生的航向上，不失去方向。

爱你宝贝，永远爱你！

（表情包）早安快乐。

　　**小禾**：早哦。

　　**柳萌萌**：宝贝想你了。今天是比较忙的一天吧？爱你宝贝。

　　**小禾**：嗯嗯课比较多。

　　**柳萌萌**：宝贝，想死你了。爱你宝贝，永远爱你！！！

# 2024 年 11 月 8 日

柳萌萌：宝贝爱你，新的一天又开始了。

前两天由于熬夜，导致精力不够，昨晚干脆 8 点多就睡了，没问你晚安，不好意思。这不，一觉睡到现在 6 点多了。

你在我身边现在成为我精神上的支柱了，我做什么事儿都想你。你平时也想我吗宝贝？

爱你宝贝，永远爱你！！

（表情包）早安。

小禾：（表情包）早哦。

柳萌萌：宝贝爱你。今天一天都在看普鲁斯特的《驳圣伯夫》，这是一篇融议论和叙述为一体的名著，很多方面也写到了艺术，你有兴趣的话可以翻翻。关于存在和时间，普鲁斯特一向非常敏感，所以这本书可以和《追忆似水年华》对照来读。

其实，我总觉得，自己和普鲁斯特很像，那就是每经过的事情，都可以清晰地回忆起来，只要是经历过，就历历在目。追叙其实就是创作的源泉。

又到周末了，明后天你有什么活动吗？想你了宝贝！

**柳萌萌**：祝你晚安啦，我大概 11 点左右休息了。

爱你宝贝。

（表情包）晚安喜乐。

**小禾**：已读未回。

# 2024 年 11 月 9 日

柳萌萌：宝贝爱你，新的一天又来临了。每天的工作，都从爱你、想你和欣赏你开始哦，你在我心里，真的是完美无瑕，你太美了，也很纯洁，是世间最美的女孩，是我终生的至爱。

我如果得到你，我会倾尽一生的所有爱你。

宝贝，吻你。

小禾：早。

柳萌萌：宝贝想你了，今天在家还是出门呢？早餐吃了吗？

柳萌萌：宝贝，又没有你的消息啦。你在忙啥呢？爱你宝贝。

小禾：没忙什么特别的事，所以好像没什么可说的。

**柳萌萌**：好的宝贝，只要是你出来了我就开心啦。爱你宝贝，永远爱你。

**小禾**：哦哦。

**柳萌萌**：宝贝爱你，今天在看纪德的《伪币制造者》，纪德的小说很多很棒，但《伪币制造者》是唯一的一个长篇，和巴尔扎克的《人间喜剧》可以比肩，但又相对节制。我的长篇《饥渴岁月》已接近尾声了，如何完美收束正是我面临的课题，《伪币制造者》头绪复杂（有十几个人物）但收束得很好，所以要多学习学习喔。

宝贝爱你，非常爱，有时，你未必要说什么，只要是你在，偶然给个眼神，随便给我暗示，告诉我你也在关注我，也爱我，我就很开心很幸福了。

我的世界因为你的出现而精彩纷呈，幸福满满！

宝贝，祝你晚安啦。

**小禾**：已读未回。

# 2024 年 11 月 10 日

**柳萌萌**：宝贝爱你，新的一天又开始了。今天是个阴雨天，可以在家安静地看看书啦。

其实，我也很想见到你写写生活感悟方面的文字，你蕙心兰质，所思所想也很有看头的。

两个人的交往，如果能深入到思想的层面，以后就是灵魂伴侣了，如果上升不到结合这个阶段，至少也是一辈子的知己。

我对你一直很期待。

爱你宝贝，永远爱你。

（表情包）早安。

**小禾**：早。

**柳萌萌**：宝贝想你了，在忙什么呢？

柳萌萌：宝贝，你最近上来得较少了。晚安啦!

小禾：最近要写的资料比较多，学校又要秋游，我还有其他的教研会，对任何事都毫无精力。

# 2024 年 11 月 11 日

**柳萌萌**：爱你宝贝，新的一天又开始了。

爱，意味着忠贞，也意味着等待。我爱你，已经浸入了我的生命，所以这一辈子，我的真爱只交给你一个人，我愿意等你一辈子，永远等待着你，不论岁月如何匆匆。

你知道吗宝贝，我时常在梦中，见到你，你是那样温婉可人，我牵着你的手，走过一片青青的草地，草地上有白色点点的奶牛在吃草低首。我想，这似乎是仙境，我们一定要把它变成现实哦！

爱你宝贝，我亲爱的小仙女。

**小禾**：早哦。

**柳萌萌**：宝贝爱你，你好好忙吧。

**小禾**：嗯嗯。

**柳萌萌**：宝贝爱你。今天下午去华师大开了个会，和余老师筹备成立一个读书会，会员前期在 50 个人左右吧，我和他共同主持，下月 1 号启动。华师大校友也有个很有名的读书会，就是孙甘露办的思南读书会，我们从小处入手吧。

　　晚安啦宝贝，爱你宝贝，永远爱你!

　　晚安啦。

　　**小禾**：晚安。

# 2024 年 11 月 12 日

**柳萌萌**：宝贝爱你，新的一天又开始了。

生活就是这样，每天都要处理不同的事情，扮演不同的角色，但无论忙什么，忙多久，回到内心，我想起你，爱起你，一切操劳也就释然。爱上你，也能得到你的爱，是我这一生的幸运。我会静静地等待着。

宝贝爱你，爱你我的心肝。

**小禾**：早呢。

**柳萌萌**：宝贝爱你，想你了。晚上吃点东西啦，别饿着。

**柳萌萌**：宝贝爱你。今天重读托尔斯泰的《安娜·卡列尼娜》，这次重读感觉不一样哦。以前读得比较快，很多细节没注意到。

晚安啦宝贝。

**小禾**：晚安啦。

# 2024 年 11 月 13 日

**柳萌萌**：宝贝爱你，爱你的一天又来临了。我每天都要端详着你的照片，看很久。你这么漂亮，这么纯洁，这么温柔，看得我心都要融化了。

我太爱你了，宝贝，你是我的爱人，我一辈子都要好好地爱你。我爱你，用整个生命爱你，不管遇到什么风风雨雨，我都要坚定而执着地爱你!

爱你宝贝，吻你!!

**小禾**：端详这个词好奇怪。

哈哈哈哈。

**柳萌萌**：宝贝，就是不停地看呗，左看右看都喜欢，哈哈，真心喜欢你，我的宝贝，我的心肝。

柳萌萌：今天忙吗？忙什么呢？想你了宝贝。爱你宝贝，永远爱你!

小禾：没什么特别的事，和往常一样。晚安。

# 2024 年 11 月 14 日

**柳萌萌**：宝贝爱你，新的一天又开始了。自从爱上你了，我的一切都变了，我每时每刻都在想你，牵挂你，也许这就是真正的爱情来了的样子吧。

我爱你，我渴望早点和你结合在一起，但我知道需要等待，我有足够的耐心和真诚等你守候你，我的宝贝，我的心肝，我的小仙女。吻你！

（表情包）早安。

**小禾**：早。

宝贝爱你。

**柳萌萌**：今天下午公司高管开了个会，今年全年的利润不错。给他们 7 个人每个人发奖金，今年的任务结束了，力争明年利润增长 20% 吧。晚上就去上海金融大厦 53 层吃西餐了，刚刚回来。

晚安啦宝贝。

**小禾**：晚安。

# 2024 年 11 月 15 日

**柳萌萌**：宝贝爱你，新的一天又到来了。昨晚喝了点酒，头有点晕晕的，我不太嗜酒，也不吸烟，仅够撑一下场面，白酒大概只能喝三两，超过三两就难受了。

今天又是周五，忙过了今天就可以休息啦。

爱你宝贝，永远爱你。吻你宝贝！！

（表情包）亲吻。

**小禾**：我也不太能喝酒，一杯红酒就上脸的那种哈哈。

**柳萌萌**：哈哈宝贝，是的呢。

今天一天见了不少亲朋好友，公司也联欢一天了。搞了不少活动。

爱你宝贝，你明后天有什么安排吗？还是照样宅家？

**小禾**：不宅家，周末一般都会出去，无论是和家人还是和朋友，准备去上博看下展。

# 2024 年 11 月 16 日

柳萌萌：宝贝爱你，新的一天又来了。我有时想起，如果拥吻你，怀抱你，是多么美妙幸福的时刻哦。这一天也许比较远，也许比较近吧。

爱你，意味着对你好，对你动情，对你一辈子负责，我是百分之百可以做到的呢。

你就是我的小仙女，你下凡了，降临到我的身边，我会倾己所有得到你，爱你宠你。

宝贝，你知道我有多爱你吗？

吻你宝贝！

（表情包）早安。

小禾：早哦。

柳萌萌：想你了宝贝，中饭吃了吗？

**柳萌萌**：哈哈宝贝，你一天都没上线打个招呼了，看来是玩得很好哦。

今天读《加缪情书集》，他写给一生的知己的情书，那个年代要保留这些书信不容易，好在全部留下来了。

从书信中，可以窥见加缪情感历程，很感人。

晚安啦宝贝。

（表情包）晚安喜乐。

**小禾**：已读未回。

# 2024 年 11 月 18 日

　　**柳萌萌**：宝贝爱你，新的一天又开始了。今天又是一周的开始，你手头的工作忙得怎么样啦？我感觉有时候你离我较近，有时候离我较远，但只要知道你在，我也感到了温暖。冬天已经来了，你也要注意不要着凉。

　　我先在远方为迎接你准备吧。我等你宝贝，我的心肝。

　　（表情包）早安。

　　**小禾**：早。

　　**柳萌萌**：爱你宝贝。今天过得平淡。

　　祝你晚安哦宝贝。

　　**小禾**：嗯嗯，我今天也是普通的一天。

　　晚安啦。

# 2024 年 11 月 19 日

**柳萌萌**：宝贝爱你，新的一天又开始了。

我现在每一个时刻，包括晚上睡觉醒来，第一时间就是想起你的容颜，天天看着你，想着你，你已经深入我灵魂深处了。我不要任何理由，我只要你，要你，还是要你！要和你做成神仙伴侣，要抱着你入眠，要和你呢喃着说不完的情话，要一辈子和你相濡以沫，一辈子爱你，我的宝贝，我的心肝，我的小仙女。

有时太想你了，我就闭上眼睛，默默地祈祷，祈祷我的小仙女一切都好，健健康康，快快乐乐。

爱你宝贝！

**小禾**：哈哈哈，早。

**柳萌萌**：宝贝爱你哦，今天忙吗?

**小禾**：不怎么忙，也没什么特别的事。

**柳萌萌**：嗯嗯知道啦宝贝，爱你宝贝。

祝你晚安哟。

**小禾**：嗯嗯晚安。

# 2024 年 11 月 20 日

　　**柳萌萌**：宝贝爱你，新的一天又开始了，爱你的一天也来临了。

　　在我心里，你就是永远的小仙女，要是我娶你了，我们就把家庭里里外外打扮得像在仙境一样，我们有一个依山面水的别墅，香气一年四季弥漫，我们的欢声笑语一刻也不停息，雨天了，一切都在雾气中若隐若现。我怀抱着你，吻你，抚摸着你，我们的人生就像仙人一样，宝贝，我也沾满了你身上的仙气呢!

　　爱你宝贝，我的至爱的心肝，我要时时刻刻爱你，吻你，永远爱你!!!

　　**小禾**：早。

　　**柳萌萌**：宝贝爱你，想你了。

从昨天开始看奥地利作家穆齐尔的《没有个性的人》，这部长篇巨制是德语小说中最重要的作品了（德奥本是一家），分上下册，85 万字。它是现代主义小说，写得汪洋恣肆，又收放自如。要成为大作家，必须要向这些重要作品学习并看齐了。

　　我打算用一周左右的时间好好消化。

　　你近期还好吧?

　　祝你晚安哦宝贝。

　　**小禾**：我最近都没什么时间看书，虽然学校不忙，但是几乎每周都有各种安排，好像很久都没有真正平静下来了。

　　晚安。

　　**柳萌萌**：没事的，等杂事消停一点就好了。宝贝爱你。

# 2024 年 11 月 21 日

柳萌萌：宝贝爱你，新的一天开始了。我有时想你比较痛苦，因为你不在我身边，但大多数是幸福的，因为你在我心里。我渴望拥你入眠，和你共享所有美好的时间。你太美了，我会禁不住不停地吻你，爱抚你的。

我的小仙女，我要你好好地生活，幸福开心地成长。

爱你宝贝，永远爱你！！

小禾：嗯嗯。

早。

柳萌萌：宝贝爱你，今天是你比较忙的一天吧？辛苦你了。爱你！

小禾：对，课比较多，但也不算很忙。

柳萌萌：好的宝贝，爱你宝贝。晚安啦。

小禾：晚安。

# 2024 年 11 月 22 日

柳萌萌：宝贝爱你，新的一天又开始了。

我渴望和你在一起。吻你，爱你，和你亲密地呢喃。和你在一起，时间是静止的，天地是绚丽的，我们的爱情在恣意飘洒。

宝贝爱你，我叫你一声老婆好吗?

老婆。你是我的，吻你!! 永远爱你!!

小禾：早。

柳萌萌：想你了老婆。爱你。

(表情包) 爱心。

小禾：……

柳萌萌：宝贝爱你。晚饭吃了吗?

小禾：吃过了，准备回家。

柳萌萌：好的宝贝，你不习惯，我还是称你宝贝。等我们日后成了情人和男女朋友，我再称你老婆哦，不好意思唐突了。爱你宝贝，永远爱你！！

晚安啦。

小禾：嗯，晚安。

# 2024 年 11 月 23 日

　　**柳萌萌**：宝贝爱你，新的一天又开始了。我的世界因为有你而精彩，我每一个清醒的时刻都在想你，每个梦中的时刻也在想你，你已经占据我的心房，刻入我的灵魂了。

　　爱你宝贝，我等你。

　　**小禾**：早。

　　**柳萌萌**：宝贝爱你，今天怎么活动呀？想你了。

　　**柳萌萌**：宝贝爱你，一天都没你的消息啦，你还好吧？

　　祝你晚安哦宝贝。

# 2024 年 11 月 24 日

柳萌萌：早安宝贝。

（表情包）早安。

**小禾**：早。

柳萌萌：宝贝爱你，想着你呢。今天忙什么？

柳萌萌：今晚亲戚的孩子过十周岁生日，我买了架无人机送他。刚吃完生日宴。

明年你什么时候生日？告诉我一下。我买一架飞行汽车送你，小鹏汽车造的，据说明年可以发售。

晚安啦宝贝。

（表情包）晚安喜乐。

**小禾**：未读未回。

# 2024 年 11 月 25 日

**柳萌萌**：宝贝爱你，新的一天又来了。

**小禾**：哈哈我今年生日都还没过呢。

早。

**柳萌萌**：哪一天愿意告诉我吗？我好准备礼物呢！宝贝爱你，我太爱你了！

**小禾**：年底。

**柳萌萌**：好的好的。我记住了，那也快了。

宝贝，我太喜欢你了。

爱你爱到骨子里去了，如果没有你，这个世界就很忧郁了。

希望你跟我想的一样哦。

**小禾**：嗯嗯，我先出门了，今天和朋友约了吃饭看电影。

柳萌萌：好的好的，去吧宝贝。爱你宝贝。

柳萌萌：宝贝想你了，记得及时吃中饭哦。

小禾：嗯。

# 2024 年 11 月 26 日

柳萌萌：宝贝爱你，新的一天又开始了。你知道我每时每刻都在想你，都在爱你。虽然你的言语不多，但我知道你也是爱我的，我们的心最终会连结在一起，永生永世都不会分离。

我想你，想拥吻你，想和你欢度每一个良宵。爱你宝贝，我是你的，你也是我的。吻你宝贝！

（表情包）早安快乐。

小禾：早。

柳萌萌：想你啦宝贝，今天忙吗?

小禾：开了几个会，不怎么忙。

柳萌萌：好的宝贝，爱你宝贝。近期天有点冷，注意保暖。我写作去了哦。

祝你晚安哦宝贝。吻你。

（表情包）晚安喜乐。

**小禾**：嗯，您也注意保暖。

晚安。

# 2024 年 11 月 28 日

柳萌萌：宝贝爱你，新的一天又开始了。以后每天睡觉前，还是互道一个晚安啦，否则我一个晚上都睡不好，不知道你的情况，也影响第二天的心情了。

爱你宝贝，早安。

柳萌萌：宝贝，一天没你的消息啦，不是家里有什么事吧？

小禾：没什么事，昨天放学把车开去 4S 店保养了，落了个手机在车里。

我有两个常用的手机，今天工作人员把车送来我才找到这个手机。

（表情包）羞惭。

# 2024 年 11 月 29 日

**柳萌萌**：宝贝爱你，新的一天又来临了。爱你，就意味着包容你的一切，意味着平静地等待。马上就进入最后一个月了，新的一年近在咫尺。你的生日也快到了吧？

早安。吻你宝贝。

**小禾**：嗯，下个月。

早安。

# 2024 年 11 月 30 日

　　**柳萌萌**：宝贝爱你，新的一天又开始了。我现在很迫切地想得到你，拥有你，时时刻刻和你亲密，爱抚你，但你还是保持原有的矜持，不紧不慢，坐怀不乱呵呵，所以我只能等待，等到你也动情动心的那一天到来。

　　宝贝，你大概会让我等多久哦？我会一直等你，守护你。我太爱你了。吻你。

　　**柳萌萌**：一天都没有你的消息啦。先祝你晚安哦宝贝。

　　**小禾**：晚安。

# 2024 年 12 月 1 日

**柳萌萌**：宝贝爱你，新的一天又来临了。爱一个人，就总是想念她，记挂她，为她欢乐为她愁，有时有一种望穿秋水的感觉，也许甜酸苦辣也是爱情的常态吧。这些都是相思之苦，但愿你也爱我。

（表情包）早安快乐。

**小禾**：早。

**柳萌萌**：宝贝爱你，你真是惜字如金呀，哈哈哈。

今天忙什么呢？

**小禾**：因为没什么想说的。

出去看了个电影，逛逛公园散散步。

**柳萌萌**：好的宝贝，晚安啦。我早点动手写东西了。

# 2024 年 12 月 2 日

　　**柳萌萌**：宝贝爱你，又迎来新的一天了。

　　我想你，爱你，也会等你，在你的心房开启之前，默默地守护你。

　　新的一周又开始了，学校的任务还重吗？个人业余还有什么打算？除了上课之余，还可以做做自己想做的事啦。

　　早安宝贝。

　　**小禾**：没什么特别的想法。

　　早安。

# 2024 年 12 月 3 日

柳萌萌：宝贝爱你，又是新的一天了。想你时，你应该还在梦中，但我已禁不住想你一夜了。爱你宝贝，希望你早日打开心扉，成为我的爱侣。我要拥吻你，一直爱着你，直到天老地荒。

柳萌萌：晚安啦。

小禾：晚安。

# 2024 年 12 月 5 日

**柳萌萌**：宝贝爱你，新的一天又来了。我将倾己所有爱你，等你，一辈子和你在一起。

（表情包）早安快乐。

**小禾**：早呢。

**柳萌萌**：宝贝爱你，想你了。中饭吃了吗？今天比较忙是吧？爱你宝贝！！！

**柳萌萌**：晚安啦宝贝。

**小禾**：嗯，今天课比较多。

晚安。

# 2024 年 12 月 6 日

**柳萌萌**：宝贝爱你，新的一天又开始了。我时常在不经意间想起你，想起你的美丽和温柔，心总是温馨的。爱你，我永远的宝贝。

（表情包）早安。

**小禾**：早。

**柳萌萌**：宝贝爱你，这两天又有写作任务了。太忙了。

先祝你晚安哦宝贝。

**小禾**：嗯嗯。

晚安。

# 2024 年 12 月 7 日

柳萌萌：宝贝爱你，新的一天开始了。我感觉我的身心都是你的，清醒时想你，做梦时也在想你。我想和你在一起的渴望越来越强烈了，我在默默地等你，等你开启咱们的爱情之屋。我想拥吻你，和你在一起甜甜蜜蜜度过每一个晨昏。

爱你，我的宝贝，我的心肝，我的小仙女。

柳萌萌：今天有什么安排吗宝贝？

小禾：出去看个电影，最近《好东西》这部电影好评挺多的。

柳萌萌：嗯嗯是的呢。

小禾：刚醒，洗漱完去吃早餐。

柳萌萌：好的宝贝，想你了。

小禾：嗯嗯。

柳萌萌：记得生日之前告诉我一下哦。

我给你备一份生日礼物。爱你宝贝，永远爱你！！

柳萌萌：宝贝爱你，晚安啦。

小禾：未读未回。

# 2024 年 12 月 9 日

**柳萌萌**：已经两天没你的消息啦，家里有什么事儿吗？

**小禾**：生日还有两周。

这两天没什么事。

虽然没什么事，但又比较忙，周末有培训会议。

**柳萌萌**：好的宝贝，知道了。方便时要多多联系哦。

有时不见你的消息，我总是坐立不安的。

(表情包) 晚安。

**小禾**：已读未回。

# 2024 年 12 月 10 日

因前两天小禾均未有回音，柳萌萌一天郁闷。

**小禾**：晚安啦。

**柳萌萌**：宝贝爱你，晚安啦。

# 2024 年 12 月 11 日

**柳萌萌**：宝贝爱你，新的一天又来了。过了年，过了生日，你又年轻了一岁。我打算给你买一枚钻戒，尽量克重多一点，当然太多就没意思了，反而戴不出门。你这么美，得用一枚钻戒配的。

我不知道咱们最后结果如何，但这枚钻戒当作定情信物吧，人世间有情人难成眷属的事也很正常。这就是人间百态吧。如果我们在一起见了面很投缘，咱们就做夫妻，如果你不觉得合适，咱们就做兄妹，我比你大，有时候想，做你夫君你愿意吗？你家里人愿意吗？

但做情人是没有关系的，情人只要有真情实感就可以。我爱你，这你知道是没有疑问的。我们可以互相欣赏，甚至可以好好相爱，但结不结婚可以抛开一边。你说呢？如果你还没有找到合适的人结婚，不妨我们先交往起来，如果你愿意，先做女朋友吧，我每个月给你零花钱，让你也分享我的成功。哪天你找到有结婚的人了，咱们就做个兄妹。你说呢？过完年咱们就见面吧，我等你的决定。宝贝爱你，永远爱你。

**柳萌萌**：宝贝爱你，放学了吗？路上堵车了吗？想你了。

**柳萌萌**：晚安啦宝贝。

**小禾**：均已读未回

# 2024 年 12 月 12 日

**柳萌萌**：宝贝爱你，新的一天开始了。你现在不大上来（聊天）了，是工作忙吗？还是家里安排了相亲对象？我有点慌了，多理解吧。

**柳萌萌**：只要你没说咱们不再联系，我就会一如既往地和你私聊。

这个平台很杂，各色人等都有，但歪瓜裂枣居多，只有你我才是极品哈哈，这确是事实。

由于你很少对话了，我们之间的交流越来越稀疏，含金量也在下降，做一本书就不够了，我下月整理一下，放到我写的另一本书中作为一章还是可以的，也算是缘分吧！

也不知道你什么时候回归。

等吧！

（表情包）晚安。

**小禾**：这几天事情比较多。

除了家里学校两点一线，去重新办了护照，见了几个留学回来的朋友。

每天行程比较满，没什么多余的时间想别的事哈哈，让您担心了抱歉。

**柳萌萌**：好呀宝贝，你来了就是最好的。爱你宝贝，永远爱你！！

晚上好好休息吧，晚安啦。

# 2024 年 12 月 13 日

**柳萌萌**：宝贝爱你，又是新的一天啦，不管经历了多少风雨，我都爱你。我爱你，希望我们永远在一起，无论是精神还是物质，我们都彼此分享。

拥有你，是我一生的幸运。我会好好地疼爱你，宠爱你。让你每一个时刻都被爱充满。

**柳萌萌**：晚安啦。

**小禾**：晚安。

# 2024 年 12 月 14 日

**柳萌萌**：宝贝爱你，又开始新的一天了，你注定是我一生的情侣，一生的爱人。每当我累了，我就看看你的照片，那么精致的五官，那么清澈的眼神，我心里就升起一股温暖。我的世界因你而阳光明媚。肤白貌美大长腿，说的就是你哦宝贝，而你的温柔和聪慧，更是让人动心。爱你宝贝，这辈子一直爱你。

我的心肝宝贝，我的小仙女。

**小禾**：早。

**柳萌萌**：宝贝爱你，今天在家休息呢，还是出门？天气晴朗，但有点冷了。

我想你了宝贝。

**柳萌萌**：宝贝爱你，晚安啦。

（表情包）晚安喜乐。

# 2024 年 12 月 15 日

**柳萌萌**：早上好宝贝。

（表情包）早安快乐。

**柳萌萌**：（表情包）晚安。

**小禾**：这两天跑苏州去了，今天刚回上海，这会儿刚到家。

晚安。

# 2024 年 12 月 16 日

**柳萌萌**：宝贝爱你，新的一天又来了。每一个日夜，我都在思念你，想念你。我不知道你也想我吗？爱我吗？这条路注定是一条浪漫又辛苦的路，因为你是那么纯洁也是那么谨慎小心，不肯轻易开启自己的心房。我当然想得到你，和你日夜在一起，耳鬓厮磨，但更想你幸福快乐，一切以你的心意为主。爱你，首先是尊重你，然后是听从你，最后可以把心给你。在这个世界上，我可以说，我不是最好的，但肯定是最爱你的男人。我们一辈子都是知己。爱你！

**柳萌萌**：（前两天）到苏州是办事吗？还是短期逛景宝贝？

**小禾**：外公生意上的事情，正好有空跟着一起出去，他们谈事我瞎逛。

**柳萌萌**：哦哦，这段时间在整理作品，交由出版社出版啦。

爱你宝贝，非常爱你。

晚安啦宝贝，做个好梦哦。

# 2024 年 12 月 17 日

**柳萌萌**：宝贝爱你，又是新的一天啦。近日有点不舒服，生病了。生的是相思病，有时茶饭不思，心里老想着一个女孩子，偏偏她不大关注我的心声，也懒得道句晚安了。她真那么忙吗？还是我根本不在她心上。有时想想，也只好暗自垂泪。

好在我很坚强的，没事的，一辈子还很长呐。我对自己说，加油，耐心点。开心快乐最重要。

（表情包）早安快乐。

**小禾**：暗自垂泪……难不成每天晚上枕上垂泪？

夸张了哈哈。

期末事情比较多，没什么多的精力。

晚安。

# 2024 年 12 月 18 日

**柳萌萌**：宝贝爱你。这两天都在整理文稿，比较忙乱。

晚安啦宝贝，永远爱你！！

**小禾**：我最近也比较忙，除了学校工作外的事都抽不
开身。

晚安。

# 2024 年 12 月 19 日

　　**柳萌萌**：宝贝爱你，新的一天又来临了。在忙碌的日子里，心中有光，有爱，有对你我的思念，日子是美好的。我坚信你是属于我的，你的美丽、聪慧和善良，都是我生命中的一部分。我们的生命最终也融合在一起。

　　爱你宝贝，我的心肝，我美丽的小仙女。

　　**柳萌萌**：宝贝爱你，晚安啦。

　　**小禾**：嗯嗯晚安。

# 2024 年 12 月 20 日

**柳萌萌**：宝贝爱你，又是新的一天开始了。

我整个生命都渴望和你融为一体，我爱你，无法形容。

为了你，我什么都不在乎，什么都可扛住，哪怕你现在还在犹豫。宝贝，你一定是我的，因为我是这个世界上最爱你最疼你的人，唯一的。

（表情包）一枚香吻。

**柳萌萌**：宝贝爱你，晚安啦。

**小禾**：晚安。

# 2024 年 12 月 21 日

**柳萌萌**：昨天晚上写作写到现在了，临睡前还是忘不了你，就上平台看你了，越看越喜欢，越看越爱你。从来没有一个女孩子，让我这么爱过，这么喜欢过。宝贝，我一定要和你在一起，不管发生什么，我都要你，我们做一对灵魂伴侣好吗？

（表情包）心的位置已留给你了，我对你行使了爆灯特权。

**柳萌萌**：对了宝贝，你的生日就是这两天吧？我打算给你一枚1.5克拉的钻戒，或十万元现金（让你自选），明年见面时给你。以后你成了我女朋友了，每年生日我也转一笔大钱给你，让你自己买喜欢的东西。

我会赚钱，但不会用钱，家里的用度由你安排吧，我只顾赚钱、读书写作就可以了。平时有空，咱们就去旅游吧。

爱你宝贝，永远爱你。

我有点困啦，现在好好睡觉了。希望梦中也有你，我的宝贝，我的心肝。

**小禾**：昨天这么晚才休息啊，我很少跟文字打交道到这么晚的。

哈哈晚上好。

# 2024 年 12 月 22 日

**柳萌萌**：宝贝爱你，新的一天开始了。

我想和你打造一间爱的小屋，在这个宅子里，有我们的工作室，有画室有书房，有藏画有我们喜欢的书，当然也有我们的孩子。山不在高，有仙则名，我们选一处依山面水的地方就可以了。远离闹市，但又不偏僻。

期待和你在一起，共度每一个良宵。

（表情包）早上好。

**柳萌萌**：爱你宝贝，永远爱你！！

宝贝想你了，早饭吃了吗？爱你宝贝，永远爱你！！

**小禾**：吃过了，准备去看《狮子王》。

**柳萌萌**：好的宝贝，我一天都在想你。你去看吧。爱你宝贝，一生一世我都爱你！！

柳萌萌：晚安啦宝贝，爱你宝贝。

（表情包）晚安。

# 2024 年 12 月 23 日

**柳萌萌**：宝贝爱你，昨晚又忘了道个晚安啦，已经有好几天都忘了，是不是回来太晚了？我都记下来哦，以后你成了我女朋友，少一次晚安我就多吻你一个小时哟。你小小的一个晚安，可以让我一整晚都能安眠呢！

爱你宝贝，早安啦。

对了，今年过年我去三亚啦，已经预订好了，那边温暖，依山靠海。

1 月 18 日左右动身，过了初五回上海。

这几天上海开始冷了下来。

期待后年你陪我一起去哈。现在是不敢多想了。

爱你宝贝，永远爱你！！

**小禾**：这两天比较忙，忙着生日的东西，明天下班后又要忙着和亲戚朋友家人们生日聚餐。

和应酬似的。

**柳萌萌**：宝贝爱你，生日快乐！（表情包）生日蛋糕。

**柳萌萌**：记住了，宝贝的生日是 12 月 24 日。

我给你备下 10 万元生日红包，明年见面给你哦。

不管日后咱们能不能结为夫妇，你都是我最重要的朋友和知己呢！爱你宝贝，永远爱你！！

**小禾**：虽然我不在意这些钱和礼，但还是要感谢您的好意。

如果您觉得我驳了您的面子的话，要么就用这些钱去救助流浪动物吧，我会更感激您！

**柳萌萌**：宝贝爱你，这些礼品是应该的啦。作为相识一场，权当记念吧！

晚安啦宝贝。

**小禾**：心意我一定会收下，我本不在意钱和钻石，拿去做更多有用的事，我每月都有定期捐助的习惯，平常忙抽不开身就只能做点力所能及的哈哈。

当然这都是您自己的意愿，不该我来支配，但确实金钱和钻石对我来说没什么作用，您的好意我绝对收下且感恩。

（表情包）晚安啦。

**柳萌萌**：明白了宝贝，听你的安排。

# 2024 年 12 月 24 日

**柳萌萌**：宝贝爱你，又是新的一天了。果然是人美心善，我的宝贝杠杠的。

其实，我几乎每天都是通过腾讯公益捐助各种项目，大到四五百小到四五拾，这么多年没有间断，而且不领小红花的。

我们的三观又一致了，加十分。

我一定要得到你，我的宝贝，我的心肝。我的小仙女小禾。

祝你生日快乐，永远幸福开心。

(表情包) 生日快乐!

**小禾**：嗯嗯这很好，不过除了疫情和灾难的情况，我不会专注与人类相关的一切。

晚安啦。

**柳萌萌**：（表情包）晚安哦。

# 2024 年 12 月 25 日

**柳萌萌**：宝贝爱你，新的一天又开始了。我打算不管等多久，我都要娶你，都要爱你，一生一世和你在一起。

腾讯公益上，也有救助小动物的项目，今天捐了第一笔啦，以后每天都捐。

就是好想吻你，宝贝，什么时候可以让我深情地吻你半小时呀？

**柳萌萌**：晚安啦宝贝。

**小禾**：因为动物永远比人类更纯粹，所以对我来说捐助动物更有意义哈哈。

晚安。

# 2024 年 12 月 26 日

**柳萌萌**：宝贝爱你，又是新的一天了。你说得非常对，动物不会开口说话，对人类的感情又非常纯粹，爱它们，帮助它们不夹带任何的功利心，是真正的无私的帮助，而它们又需要帮助。我打算跟你一样，每天都帮它们一点。

这个世界因为有我们一点小小的善举而有新的意义。

不过宝贝，我跟你说哦，这个世界任何人，任何事物，都不及我对你的爱的百分之一，我太爱你了，我每天每个时间，心里都装着你，我有时也想秒变成一只小动物，能得到你的爱哈哈。

**柳萌萌**：宝贝，中饭吃了吗？

今天忙吧？

**小禾**：准备吃饭去了。

期末月了，忙一段时间就结束了。

**柳萌萌**：是的呢。忙完我就去三亚了。

**小禾**：嗯嗯，冬天还是去温暖的地方度过比较好，我去年冬天去了三亚泰康，是个新开不久的度假酒店，带着家里老人一起去的，环境设施都还行，海景套房也还不错。

**柳萌萌**：好的哦。

**柳萌萌**：下班了吗宝贝？路上有点堵了。我在往莘松路195号阿婆菜馆赶，七宝中学的一位名师（师兄弟关系）约了一桌，都是上中，华二起，交大附中等重点中学的语文名师，一起吃个饭。

估计6点左右才可以到。

想你了宝贝。爱你宝贝！

**小禾**：今晚回家和家里人一起吃了个饭，准备去洗澡了。晚安啦。

# 2024 年 12 月 27 日

**柳萌萌**：宝贝爱你，新的一天又到了。每天都能看到你，知道你的消息，我就开心啦。以后成了我的娘子，还可以天天耳鬓厮磨，我就是世界上最快乐幸福的人了，相信你也一样。人生得一知己足矣，何况还是爱侣。

爱你宝贝，永远爱你。

**小禾**：早呢。

又是忙碌的一天呢。

**柳萌萌**：宝贝，提前跟你道个晚安啦。今天要赶写 4000 字呢。

**小禾**：晚安。

# 2024 年 12 月 28 日

**柳萌萌**：宝贝爱你，又是爱你的一天开始了。我每天一有空，就想你，就看你，以至闭上眼睛，你就出现了。那么美，那么聪慧，那么温婉，那么良善，你是美好的化身，是我生命中的一道亮光，是我的爱侣，也是我的女神。

我渴望早一日拥你入怀，吻你，爱抚你，让你也享受到人间最美好的爱的甜蜜。

**柳萌萌**：宝贝爱你，一天都不见你了。晚安啦。

**小禾**：晚安。

# 2024 年 12 月 29 日

**柳萌萌**：宝贝爱你，又是爱你的一天了。我现在就是希望你每天也想我，给个消息，给个惊喜，你都没有谈过恋爱呢，也都没怎么想过男人，那就从我开始吧！我希望我作为你的初恋，也是你的终恋，我们好好谈一场恋爱，轰轰烈烈地谈一场。我等你，等你的心扉开启。

爱你宝贝，永远爱你，我的小仙女，我的心肝宝贝。

**柳萌萌**：宝贝爱你，明天又要上课了吧？

（表情包）晚安啦。

**小禾**：嗯。

晚安。

# 2024 年 12 月 30 日

**柳萌萌**：宝贝爱你，又是爱你想你的一天了。我太爱你了，几乎每天每时都在思念你，我很想捧起你的美丽的脸，细细地吻着，抚摸着，爱着。我们都要好好地过好每一天，让青春和生命绽放耀眼的光芒。

我们的岁月，将永远绚丽多彩。

爱你宝贝，我的心肝，我的小仙女。

**柳萌萌**：宝贝爱你，今天在看书。看陈子善老师写的《长相忆集》。

这本书你可以上当当网买，比较好读。不少篇章已成为文坛佳话。

**小禾**：最近在翻阅《悉达多》，不过最近不太能静下心来，可能得寒假时好好阅读了。

晚安啦。

# 2024 年 12 月 31 日

**柳萌萌**：宝贝爱你，又是爱你的一天了。你天生蕙质，看什么都会懂，以后在一起，我们一块儿看书，一块儿幸福吧。

你是我的，宝贝，我愿意任何时候，任何地方，都陪你，爱你，要你。

和你生活在一起，我每个时刻都是幸运的，充满了幸福。

**小禾**：早哦。

**柳萌萌**：宝贝爱你，想你啦。

爱你宝贝，新年好运。

**小禾**：和几个朋友在外面聚餐准备跨年。

提前祝您新年快乐啦。

# 2025 年 1 月 1 日

**柳萌萌**：宝贝爱你，新的爱你的一天来了，爱你的一年也来了。

我对你的爱是以世纪计算的，一辈子就是一个世纪，我会永远爱你，无论多少个生死轮回。

新的一年里，希望你身体健康。这 4 个字看似平淡，但做到了也不容易。工作之余，多多抓紧时间看看自己喜欢的书，画一画自己有兴致的画作，毕竟教学也不是生活的全部。

三四月份咱们就开始约会吧，在轻松愉快的氛围中，咱们谈天说地，希望我们可以一见如故，一见钟情。我们的爱情开始生根发芽。

**小禾**：确实教学工作不是生活的全部，工作和生活我分得比较清楚，寒假准备和哥嫂和留学的朋友一起去英国待两周。

其实有在考虑要不要继续进修学习，学校的工作实在乏味，但平淡也没什么不好。

我不太擅长做决定，但真决断起来也都是大事的决定。

这学期快结束了，希望 25 年知道自己真正想要的是什么吧。

**柳萌萌**：好的好的，宝贝，不急，慢慢决定，有改变就是好的。元旦快乐!

**柳萌萌**：2017 年的夏天，我到美国洛杉矶的朋友家里住了一个月。他本来是在上海医药界做药代的，老婆拿到了美国绿卡，也就移民过去了，有居住权但没有选举权的那种。他们在乡下买了幢别墅（由于地广人稀，大家都分散住在乡下），人民币两三百万的样子，有车库，有游泳池，上下两层，比较大，但是不隔音。他自己一边做些孕代，一边把房子租给留学生，或墨西哥过境的打工人，收入还可以的。

在那个环境里，出入自由，可以随便逛街逛公园。

且不需要门票。但生活基本上是三点一线：打工单位，超市和家。家里的两辆车直接开到客厅入口处，出门就是上车，下车就到了客厅。哪怕五十米的地方，都必须开车，一是没有人徒步，二是怕经过别人的院子遭遇枪击。西方社群就是这样，不熟悉的地方不能去，不熟悉的群落不能参与。他加入了华人基督教圈子，每周在这个圈子里吃吃饭，一起活动。不少也是从国内过去的。

印象比较深的，是一位女留学生，学的是会计专业，在他家已经住了六年了，还没有毕业。每月靠家里寄钱过来生活，已经28岁了，男朋友吗，半年换一个，朋友告诉我，她的男朋友有五十多的，也有三十多的，各个行业都有，唯一担心她得艾滋病，每年续租都提心吊胆，担心传染给家里人。美国的社会就是这样，只要有钱可以花天酒地任情胡为，但风险还是很大的。当然，也并不是所有的留学生都这样。

**柳萌萌**：我的总体感觉是，在欧美，不时地短期住一两个月是很好的，但长期生活在那边，就问题不少。有一部分留学生，一旦留学久了慢慢地对中国大陆的政治经济（尤其是政党）持反感态度，因为越批评，越显示他们留学的正确。其实他们在美国生活，也是在中下层而已。

英国怎么样，我还没有去住过，我一个朋友的女儿在英国，嫁给了老外，我还没交流过。

但他的话很多是从国外传过来的谣言。听多了，也就一笑了之。

当然，大部分留学生应该不是这样的。

中国的问题当然不少，但国力正是蒸蒸日上，值得期待。

但我想，不论是哪个环境，都应该抓住机会赚到自己生活自由的钱，凭自己的能力改变自己的生活和命运，这才是最重要的。

然后有了钱，可以在全世界自由生活。

爱你宝贝，我任何时候都愿意和你分享自己的见识和想法。

你去英国后，有什么感想，也请告诉我。

**柳萌萌**：早点休息哦宝贝，今天忙了一天吧？

**小禾**：我完全赞同您说的话，因为我身边很多留学的朋友出去也会遇到很多这样子的问题，但大部分还是学生在自己的圈子里面其实也算干净，但只能在乱中算干净，不能在干净中算干净。

**柳萌萌**：是的呢宝贝。

**小禾**：我没有考虑过美国，但是英国我还挺喜欢的，不过留学是一个对我来说很大的决定，因为要换一个自己完全不熟悉的圈子，虽然有很多认识的朋友，但是也会提心吊胆吧！

其实我根本没有下定好决心的，只是从以前上学的时候到现在一直都有这个想法，家里也有过这个想法，但是也其实并不赞同我。因为读书的时候学习成绩还不错且稳定，就没考虑过留学的事情，否则如果学习成绩不好的话，可能很早就考虑出国了哈哈哈。

不过现在步入职场也比较久了，所以对于学习这件事情来说，虽然每天都有在做，但是全身心地投入学习生活当中去，重新转化成学生的身份，其实对我来说也是一个很大的转变。

**柳萌萌**：是的，尤其是女孩子，除了社会上的各种因素，还有异性方面的纠缠，而远在异地，独自一人去面对，确实棘手。你如果是个普通的女孩子也就算了，偏偏你又优秀又漂亮，很可能陷入困境。

**小禾**：这个不在我担心的范畴之内，因为如果我去的话，相对来说在自己的圈子内比较安全，而且也不太会接触到什么乱七八糟的东西。

但总之换一个地方久居学习是个大决定。

**柳萌萌**：我知道的一个天才少女田晓菲，十二三岁就出了诗集，后去美国哈佛大学深造，成为众多男士追逐的对象，最后28岁时嫁给了自己六十多岁的导师。

**小禾**：其实还是希望自己进步一点，厉害一点，但是又觉得自己不需要这么累，所以每天都在踌躇中。

**小禾**：田算是更倾向于寻找一个灵魂的出口吧？但我不一样，我比较现实哈哈哈。

**柳萌萌**：短期进修一年半载是可以的，但不宜长留。

因为是抱着学一点东西就回国，而不是打算远走高飞。

**小禾**：我有个朋友对我说人在衣食无忧或者物质生活条件比较丰沃的时候就会想做一点冒险的事情。

更大的一部分就是我不想让自己那么累，我觉得我其实不需要这些。

但又不想让自己停滞不前，又不希望自己和别人有差距。

**柳萌萌**：如果把绘画作为一个职业，可以去进修熏陶一下，如果是作为爱好，或者说是随意发挥，不出去也行。

看你对自己爱好的东西有没有更高的目标了。

**小禾**：这对我来说不算爱好，可能起初是爱好，时间长了变成工作了就不算爱好了，不过人本来就是矛盾的个体，我对于这些东西也都是又爱又恨的。

**柳萌萌**：是的呢宝贝。

估计你家里人也比较纠结哈哈。

因为一旦出去了，何时回来充满着变数。

**小禾**：其实总结下就是，促使我想出国的原因，其实就是从小到大被安排惯了，希望自己选择一回，但被迫让我一直没动身的，其实就是我不想让自己这么累，也认为自己应该知足常乐哈哈。

**柳萌萌**：有时计划赶不上变化的。

**小禾**：那倒没有纠结，因为从始至终他们都没想让我离家过久哈哈。

**柳萌萌**：不过，出国留学确实要慎重，开弓没有回头箭。

一旦出去了，你会发现，又有新的局面在等你。

**小禾**：恰恰相反，我哥哥跟我说，我就是因为觉得有很多回头路有很多保护伞，所以才愿意这么冒险。

其实出国也没什么，就是换个环境被保护着，只是说没有被那么局限住罢了。

**柳萌萌**：嗯，也是。只要你不是远走异乡，心在这边，人就会在这边。

**小禾**：我哥哥的一位同学在纽约的一个建筑事务所工作，他的工作就需要到处飞，时不时在国内，时不时在国外，各个国家到处飞，国内也是各个城市到处飞，其实我挺喜欢也挺羡慕这样的工作。

**柳萌萌**：是的，各国都可以跑，不囿于一地。

**小禾**：但我又是一个不想让自己这么累的人。

哈哈哈哈最终还是在天平的中间。

其实我很小的时候，我人生的目标就是安稳快乐地混吃等死，因为确实从小到大没什么顾虑的，所以造就了我这样子的想法。但后来因为家里的原因，所以学习成绩也不可以落下，所以也算有在一直努力吧。

**柳萌萌**：是的，你其实挺有天分的。

也很努力。

**小禾**：所以说，其实我不会有什么很远大的志向和目标，即使有我也没有足够的勤奋可以去实现这样子的目标。

**柳萌萌**：也不能说不勤奋，主要是目前动力不需要很足。

**小禾**：非常中肯，非常一针见血。

总之，只要一直在进步，没有停滞不前就好了。

耽误您这么久时间，早些休息吧！

晚安。

# 2025 年 1 月 2 日

柳萌萌：宝贝爱你，和你交流，任何时候都不会嫌迟，也不浪费时间。只是昨天和你聊天时，突然接到我一位老师的紧急电话，师母身体不适，要入院治疗，遂放下手中的一切，安排车辆，找关系托人，住进了六院。人老了，什么综合征都来了，不小心就晕了，好在送医及时，没有大碍。忙完就是一点多了，回家就快两点了。刚睡了一会儿，心里惦记着你，就醒了，待会儿再继续睡。

我爱你，不管你在天涯海角，我的心都是你的。

柳萌萌：你做任何决定，我都会支持你的。不过，一旦决定留学，走之前咱们就确定恋爱关系吧，我也会经常去英国伴读，我又不忙，一年只有两个月忙，其他的时间可以四处旅行，你在英国，我正好可以陪你，需要陪多久都可以。

这就是早先前辈们的革命＋恋爱两不耽误，是吧宝贝。我太爱你了，我们永远都不要分开。

爱你宝贝，永远爱你！！

晚安啦宝贝，做个好梦哦！

**柳萌萌**：宝贝爱你，今天是你最忙的一天了。记得吃中饭啦。

**柳萌萌**：师母在我们的及时照料下，一切都恢复正常了。但还要住院一周。

刚回家了，在弄饭吃，家里请了位阿姨，会做饭，搞卫生，还会收拾东西。可是省事多了。

你大概还在外吃饭吧?

人有旦夕祸福，此言信矣。

好在我们的能力都较强，遇到再大的事也都不算什么事。

但平安健康确实是一大幸事，要珍惜健康快乐的时光哦。

**小禾**：今天在学校忙点资料，想着走的时候都六点多了，突然想去滨江散步，结果感觉感冒好像加重了……

不过现在已经到家了，准备去洗漱泡澡放松下。

**小禾**：我寒假出国只是为了看下环境和旅游，没决定留学，毕竟不是一件短期能结束的事，而且今年的规划也比较多，大体都投资在自身上，不过虽然有家人朋友的帮助，但我也算独立惯了，短期好像很难让人融入我的世界，也很难将自己剖开后容纳他人。

不过家里长辈倒是时不时会提起，但好在我有个哥哥，哥哥和他的女朋友都是事业型的哈哈，家长们也都比较开放，只要催不动他们，实质也就催不到我头上，所以家里介绍的男孩我也都只是应付下，和他们都保持正常的社交距离，不过我目前没想好，但确实没有准备接受一段新的关系。

**小禾**：您表达爱意，我总是不回应总觉得不太好，但您是个非常出色的人，跟您交流到底很愉快，或许短时间内不进阶这段关系比较好，当然这只是我个人的想法哈哈。

您很真诚，所以我倒也想啰嗦几句，无论是对您还是对家里介绍的男孩，每到这种时候，我念过的书，读过的字就全然忘记了，实在是不知道该说些什么，也确实不会拒绝哈哈哈。因为大家都是很好很优秀的人，我喜欢和优秀的人在一起，但我确实目前只想专注自己，担心别人会影响我，但更多的是担心自己会受人影响，没法很好地专注自己。

说着说着又说多了哈哈哈，都是些啰嗦的废话。

早些休息吧，晚安。

**柳萌萌**：好的宝贝，你也早点休息哦。

**柳萌萌**：哈哈可以的呀。人生得一知己足矣，咱们现在都不去谈婚论嫁，好好交流就可以了。

我主张水到渠成，不紧不慢，也不枝不蔓，保留独立和纯粹，静待花开。

你也要注意身体啦，上海到底也是"海"，冷风常吹，我一般也怕这种风。

多多注意。

**小禾**：您让人感觉很温暖哈哈。

（对你上面讲的）赞同也赞叹。

晚安啦。

# 2025 年 1 月 3 日

**小禾**：我始终认为随便答应您是一种不负责任，像吊着您的胃口一样，但因为您是很真诚的人，所以我一直不知道怎么拒绝，也不愿拒绝您。

不过我确实很难追，学生时期的男友追了我两年，我答应和他尝试下，但始终没有真正敞开心扉。

所以担心答应了您也做不到时时牵挂着您，那样的话算是重蹈覆辙，也确实不太负责哈哈。

不过确实如您所说，以后的事情谁又能预料到呢？

**柳萌萌**：没事的啦，我们在一起神交，也挺好的，什么时候你想靠在男人的肩膀上，什么时候就找我好了，我永远爱你，不会拒绝你。

现在你独立性很强，也不是坏事。一个独立的人，始终是一个好人，至少她不会依赖人家，给人家添负担。

活出自己的精彩，就是最好的。

**小禾**：嗯嗯。

# 2015 年 1 月 4 日

**柳萌萌**：小禾你好，正在赶一篇稿子，所以写到深夜了。在万籁俱寂中，我可以感觉到时间的流淌，和大自然万物的交替。咱们这段交往也属于缘分吧，我觉得从爱情上看是结束了（因为求爱，始终没成功），但从友谊上看，它刚刚开始。

其实很多爱情，都是从友谊开始的，我们也不要太失望，今后的事情，谁又说得清楚呢?

这段交往，我就先记录下来吧。如果你不反对，就以《爱情日记》为书的标题，做一本书，只要是真诚的文字，她都是美丽的，是诗。

最后，我也以一首诗作为结束吧，这首诗我上大学时偶尔读过，作者是谁已经不记得了，但感人肺腑，就背了下来。

# 爱的沉默

不能勉强

你还一份

如我一样深重的爱

更不能

为尽爱中的快乐

而不为终结的破碎

负起后果的责任


是爱过了的

也是真诚又执著地爱着

便为爱的诚挚

尝遍爱在沉默的滋味

光阴里

无言地爱着

只是固执地寄托

将内心深处

轻软细软的角落

悄然寂度


爱完整整的青春红颜

爱完余生没被你

充实的心灵

**图书在版编目(CIP)数据**

爱情日记 / 辛渐著. -- 上海 ： 上海三联书店，
2025. 4. -- ISBN 978 - 7 - 5426 - 8866 - 8

Ⅰ. I247.5

中国国家版本馆 CIP 数据核字第 202532B2T1 号

# 爱情日记

著　　者 / 辛　渐

责任编辑 / 殷亚平
装帧设计 / 徐　徐
监　　制 / 姚　军
责任校对 / 王凌霄

出版发行 / 上海三联书店

　　　　　(200041) 中国上海市静安区威海路 755 号 30 楼
邮　　箱 / sdxsanlian@sina.com
联系电话 / 编辑部：021 - 22895517
　　　　　发行部：021 - 22895559
印　　刷 / 上海雅昌艺术印刷有限公司

版　　次 / 2025 年 4 月第 1 版
印　　次 / 2025 年 4 月第 1 次印刷
开　　本 / 787mm × 1092mm　1/32
字　　数 / 170 千字
印　　张 / 11.25
书　　号 / ISBN 978 - 7 - 5426 - 8866 - 8/I · 1929
定　　价 / 68.00 元

敬启读者,如发现本书有印装质量问题,请与印刷厂联系 021 - 68798999